novum pro

AF162561

HARTMUT SCHALKE

SCHALKOWSKIS BEWEGUNGEN ZWISCHEN ZOPPOT UND ASGARD

EINE ZWISCHENERZÄHLUNG

novum pro

www.novumverlag.com

Bibliografische Information
der Deutschen Nationalbibliothek:

Die Deutsche Nationalbibliothek
verzeichnet diese Publikation in
der Deutschen Nationalbibliografie.
Detaillierte bibliografische Daten
sind im Internet über
http://www.d-nb.de abrufbar.

Alle Rechte der Verbreitung,
auch durch Film, Funk und Fernsehen,
fotomechanische Wiedergabe,
Tonträger, elektronische Datenträger
und auszugsweisen Nachdruck,
sind vorbehalten.

© 2022 novum Verlag

ISBN 978-3-99131-145-4
Lektorat: Leon Haußmann
Umschlagfotos: Nikolay Stoimenov,
Frenta | Dreamstime.com
Umschlaggestaltung, Layout & Satz:
novum Verlag
Autorenfoto: Reinhild Schalke

Gedruckt in der Europäischen Union
auf umweltfreundlichem, chlor- und
säurefrei gebleichtem Papier.

www.novumverlag.com

Zur Erinnerung an meinen Vater

Führet alle mit euch in Liebe und Pflicht!
Lasset keinen zurück auf dem Wege zum Licht!
Peter Rosegger

INHALTSVERZEICHNIS

Prolog – In einer anderen Welt 11

1. Kapitel
Stationen 12
Zwischenspiel #1 18

2. Kapitel
Jugend im Osten 20
Zwischenspiel #2 22

3. Kapitel
Hilde – auf Umwegen 23
Zwischenspiel #3 30

4. Kapitel
Der sinnlose Krieg 31
Zwischenspiel #4 35

5. Kapitel
Und tausend Jahre sind wie ein Tag 37
Zwischenspiel #5 41

6. Kapitel
Lehr- und Herrenjahre 42
Zwischenspiel #6 50

7. Kapitel
Im pädagogischen Himmel 51
Zwischenspiel #7 54

8. Kapitel
Die Jahre in Niendorf 55
Zwischenspiel #8 57

9. Kapitel
Im Mittelpunkt: die Menschen 59
Zwischenspiel #9 64

10. Kapitel
Der Übergang zum Paradies 65

Epilog 98

PROLOG – IN EINER ANDEREN WELT

„Schalkowski ist unser Mann."
„Einverstanden, wenn unsere Macht noch ausreicht."
„Die leichte Dämmerung da draußen ist noch kein Untergang. – Aber warum eigentlich Schalkowski?"
Das Quellwasser murmelt zeitlos und leise. Zwei weiße Schwäne leuchten auf dem dunklen Wasser des Sees.

1. KAPITEL

STATIONEN

Benommen erwachte er nach unruhiger Nacht, richtete sich auf und rieb sich die Augen. Immer diese Träume! Die Frau neben ihm schlief traumlos und friedlich. Dunkelgraues hinter der weißen Gardine. Er schüttelte die Müdigkeit ab. Der Morgen kam nicht erfrischend in die Petersgrube; ermunternde Helle hätte seinem Ehrentag heute den nötigen Glanz verleihen können. Einmal quer durch das Land zwischen den Meeren, von Nordwest nach Südost. Schwere wässerige Schneeflocken gingen in Regen über. Der Scheibenwischer gab den Takt vor, der regionale Radiosender lieferte Musik – störungsfrei, aber ignorant. Von innen beschlugen die Scheiben, Kurznachrichten folgten.

Die Reisenden ließen Bad Segeberg links liegen, Erinnerungen an längst vergangene Karl-May-Festspiele an sommerlichen Tagen wurden laut. Und bald waren sie am Ziel. Der Fahrer kannte sich aus, hier hatte er seine Frau kennengelernt. Vorbei an den Schwartauer Werken lenkte er den Wagen einige Straßen weiter in das Waldstück Riesebusch, wo sich der Parkplatz des Ausflugslokals an der Schwartau allmählich füllte. In freudiger Erwartung und im Laufschritt erreichten die drei Enkeltöchter, die Schwiegertochter und der einzige Sohn den ansprechenden Eingang und hielten bald ein feines Begrüßungsgetränk in Händen.

„Werte Gäste,

jeder von euch weiß, warum wir uns heute hier versammelt haben. Und als Junior, der mittlerweile auch in die Jahre kommt, ist es mir eine liebe Aufgabe, euch alle hier zu begrüßen und meinen Vater Günther Schalkowski an diesem besonderen Tage zu würdigen.

Geburtsjahr 1916: Es herrscht Krieg, der Kampf um Verdun tobt. – Der Mediziner Ferdinand Sauerbruch erfindet aus gutem Grund bewegliche Prothesen. – Nach der Seeschlacht im Skagerrak liegen 178 000 t Eisen mit Mann und Maus versenkt

am Meeresgrund. – Tiefpunkte eines Jahres, Höhepunkte gibt es nicht. Doch in Tiegenhof, südlich von Danzig, heute Nowy Dwór, herrscht Freude am 23. Februar, zu Recht, für die glücklichen Eltern damals und natürlich auch für uns heute, genau 80 Jahre später. Dazwischen ist viel passiert."
Der Laudator erwähnte die wichtigsten Lebensstationen Schalkowskis und hieß die entsprechenden Wegbegleiter herzlich willkommen, in gebotener Kürze natürlich, wie er meinte. Das warme Buffet wurde in einer Ecke des Festsaales aufgebaut, es duftete schon anregend, doch der Worte waren noch nicht genug gefallen:

„Bei einem 80. Geburtstag muss man Rückschau halten; doch mein Rückblick ist kein Schnee von gestern, sondern zeigt Lichtspuren auf, die ein Leben beleuchten, das in Bewegung war und uns bewegt.

Lieber Papa, aus deinen schriftlichen Erinnerungen trage ich nun, dein Einverständnis voraussetzend, das Kapitel ‚Klassenfahrt in die Zukunft' vor, das eine Brücke schlägt zwischen dem Einst und Jetzt."

„Hilde und ich betrachten das Land Schleswig-Holstein als unsere zweite Heimat, die wir zu schätzen gelernt haben und immer noch sehr mögen. Seit über fünfzig Jahren leben wir hier und wohnten an verschiedenen Orten. Wir gingen unserer beruflichen Tätigkeit nach, waren und sind verbunden mit freundlichen Kollegen und guten Freunden. Unser ältestes Kind Gert-Jürgen und Hildes Eltern liegen hier begraben; der zweite Sohn Heinz Günther ist hier geboren. Und Lübeck ist nun unser Altersruhesitz.

Es gibt Zusammenhänge, die zurückführen in die Vergangenheit in unser Geburtsland, als wir noch nicht ahnen konnten, dass die Zukunft im Norden liegen würde. Bereits im Jahre 1933 habe ich hier unbewusst Markierungspunkte setzen können, deren Aufsuchen und Auffinden mich immer wieder bewegen. Als Oberprimaner ging ich im Sommer 1933 zum Schulabschluss auf Klassenfahrt, die mich nach Lübeck, Schleswig-Holstein und Hamburg führte. Wir sollten die beiden großen Hansestädte sowie die Kriegsmarinestadt Kiel und die Holsteinische Schweiz kennen lernen. Noch heute klingen in meinem Gedächtnis die freudige Erregung und hohe Erwartung nach, die meine Mitschüler und mich damals ergriffen hatten; war es doch für alle die erste große Reise ins kaum erreichbare Altreich. Diese Klassenfahrt erfolgte zweckmäßigerweise auf dem Seeweg. Die Seereise begann an einem Nachmittag in Zoppot und endete am nächsten Morgen in Lübeck-Travemünde.

Das Deutsche Reich unterhielt damals den „Seedienst Ostpreußen", um den Reisenden, die vom abgetrennten Ostpreußen und auch vom Freistaat Danzig ins Altreich fahren wollten, die auf dem Landweg manchmal unangenehmen Zollformalitäten zu ersparen. Dieser Seedienst verkehrte zwischen Pillau und Travemünde und bediente auf seiner Route die Ostseehäfen Zoppot, Swinemünde, Binz und Rostock-Warnemünde und zwar mit den Schiffen PREUSSEN, HANSESTADT DANZIG und TANNENBERG. Später kamen noch einige andere dazu. Es handelte sich um seetüchtige Schiffe mittlerer Größe, die jedoch kaum mit den heutigen modernen Fährschiffen zu vergleichen sind, da sie keine Kraftfahrzeuge mitnehmen konnten.

Als wir Oberprimaner, vier Jungen und acht Mädchen, vom Zoppoter Seesteg aus auf die PREUSSEN gelangt waren, schlug uns das Herz höher. Es begann eine aufregende, aber eindrucksvolle Seereise, auf welcher uns auch die Seekrankheit nicht verschonte, als sich nachts der frische Wind in einen heftigen Sturm verwandelte. Wir umfuhren zunächst die vertraute Halbinsel Hela und gelangten aufs offene Meer, so dass wir die pommersche und später die mecklenburgische Küste nicht ausmachen konnten. Wir hatten keine Kabinen oder Kojen; wir saßen oder machten uns lang auf den Bänken des Schiffsdecks und fanden dies schön. Wegen des Sturms und der Seekrankheit verlief die Nacht schlaflos. Am Morgen, als die Küste in Sicht kam mit dem Brodtener Steilufer und die Hafeneinfahrt von Travemünde erkennbar wurde und wir bald danach am Ostpreußenkai anlegten, bewegten uns neue Gedanken, obwohl der Boden unter unseren Füßen noch schwankte: Es erfüllte uns die große Neugier auf die Stadt Lübeck, die Königin der Hanse.

Nach kurzer Fahrt vom Travemünder Hafenbahnhof bis zum Hauptbahnhof mit der Lübeck-Büchener Eisenbahn hatten wir dann endlich unser Ziel erreicht und betraten den Boden der alten Hansestadt. Beladen mit unserem Reisegepäck erreichten wir, mitten auf der Straße gehend, den nahe gelegenen PLATZ DER DANZIGER FREIHEIT, den heutigen LINDENPLATZ. In jenen Jahren konnte man gefahrlos auf diesen heute verkehrsreichen Lübecker Platz gelangen, und die Straßenbahn stellte keine große Behinderung dar.

Als nach dem ersten Weltkrieg die Stadt Danzig vom Mutterland abgetrennt wurde, gaben die Lübecker diesem innerstädtischen Verkehrsknotenpunkt vor der Puppenbrücke den Namen PLATZ DER DANZIGER FREIHEIT und bekundeten als geschichtsbewusste Hanseaten ihre Verbundenheit mit der Schwesterstadt. Der Platz behielt diesen Namen bis zum Kriegsende 1945 und musste auf Anordnung der britischen Militärregierung umbenannt werden.

Zu unserer Überraschung entdeckten wir in der Mitte des Platzes ein großes, buntes Mosaik: das Wappen der Hansestadt Danzig. An dieser Stelle nun bot sich unseren Augen die mittelalterlich anmutende Stadtsilhouette Lübecks dar, die in ihrer erhabenen Schönheit einem Vergleich mit anderen alten deutschen Städten leicht standhalten kann: Vor uns das berühmte Holstentor mit dem Wahlspruch CONCORDIA DOMI FORIS PAX (Eintracht drinnen, Friede draußen). Auch Danzig hatte einen lateinischen Wahlspruch: NEC TEMERE NEC TIMIDE (Weder voreilig noch furchtsam). Rechts neben dem Holstentor nahmen wir die Salzspeicher wahr, die im Mittelalter das Lüneburger Salz bargen, jenes Handelsgut, das den Wohlstand der Bürger und Seefahrer Lübecks begründete, weil es das einzige wirksame Konservierungsmittel für die als Fastenspeise so wichtigen Heringe darstellte, die südlich von Schonen in der Ostsee gefangen wurden. Hinter den Treppengiebeln dieser Speicher ragte der Petrikirchturm in die Höhe, und weiter rechts tauchten die Türme der Ägidienkirche und des Domes auf. Wahrlich eine Augenweide! Und links vom Holstentor erkannten wir die hochragenden Türme von St. Marien und ganz außen den Kirchturm von St. Jakobi. Sieben Türme der fünf großen backsteingotischen Stadtkirchen boten sich so dem Auge dar. St. Marien ist die größte dieser Kirchen. Die reichen Bürger haben sie absichtlich größer bauen lassen als den von Heinrich dem Löwen gegründeten Dom, der als Bischofskirche doch eigentlich hätte die Nummer eins sein sollen. Die Marienkirche ist die Mutterkirche der nord- und osteuropäischen Gotteshäuser der Backsteingotik. Das ist sie auch für St. Marien in Danzig; jedoch ist diese wie eine feste Burg Gottes noch gewaltiger als die gleichnamige Lübecker Kirche. Die Danziger Marienkirche war damals die größte evangelisch-lutherische Kirche der Welt, und heute ist sie, nachdem sie wieder katholisch wurde, das fünftgrößte Gotteshaus überhaupt.

Diese Gedanken drängten sich mir als Teil der Faszination auf, die dieser PLATZ DER DANZIGER FREIHEIT und das Stadtpanorama auf mich ausgeübt hatten. Hier ist damals unbewusst von mir ein Markierungszeichen gesetzt worden, das mir Orientierung im späteren Leben gab. Als einen weiteren Markierungspunkt darf ich die Straße FEGEFEUER bezeichnen, wo sich die Jugendherberge befand, unser Lübecker Quartier. Die hanseatischen Namensgeber haben sich im Mittelalter etwas dabei gedacht, als sie für diese Straße den Namen FEGEFEUER wählten. Wenn man nämlich geradeaus weiter geht, endet der Weg an der Nordseite des Domes, und man stößt auf das Seitenportal, dessen mit steinernen Skulpturen und Säulen ausgeschmückter Vorbau PARADIES genannt wird. Wer also ins Paradies gelangen will, muss erst einmal durchs Fegefeuer. Heute gehe ich diesen Weg mehrmals im Jahr und empfinde dann stets dieses besondere Gefühl einer Rückkehr in die Jugendzeit.

In Hamburg beeindruckten uns das Chilehaus, der Blick vom Turm des Michels auf Hafen und Stadt und besonders die Hafenrundfahrt. Damals lagen zwei große Pötte der Hamburg Süd am Kai, die KAP POLONIA und die KAP ARKONA. Das erstgenannte Schiff durften wir besichtigen. Ich habe die elegante Einrichtung des Salons später in der Schleihalle in Schleswig wiedergesehen. Die KAP ARKONA und ein weiteres Schiff wurden kurz vor Kriegsende im Frühjahr 1945 in der Lübecker Bucht vor Neustadt durch britische Kampfflugzeuge versenkt. Wenn die Briten gewusst hätten, wen sie dabei in den Tod schickten, hätten sie vermutlich diesen Vernichtungsschlag nicht durchgeführt. An Bord der KAP ARKONA befanden sich nämlich 4 600 ehemalige Insassen aus den Konzentrationslagern Neuengamme bei Hamburg und Stutthof an der Danziger Bucht. Hunderte von Leichen wurden in Neustadt, Haffkrug, Scharbeutz, Timmendorf und Niendorf an den Ostseestrand gespült und mussten beigesetzt werden. Auf dem Niendorfer Friedhof fanden viele ihre letzte Ruhestätte. Auch meine Schwiegermutter Anna liegt hier begraben, sie stammte übrigens aus Stutthof. Für Hilde und mich sind Grabstellen angekauft. – In Niendorf wohnten wir von 1956 bis 1971.

Wieder andere, nicht minder tiefe Eindrücke, hinterließ der Besuch der Marinestadt Kiel. An der Tirpitz-Mole erkundeten wir den Kreuzer KÖNIGSBERG. Die Holtenauer Hochbrücke und die Schleuse des Kaiser-Wilhelm-Kanals, der heute Nord-Ostsee-Kanal heißt, bildeten interessante Besichtigungsobjekte. Kiels Bedeutung als Universitätsstadt vervollständigte das Bild der damaligen Provinzialhauptstadt von Schleswig-Holstein. Unser Sohn Heinz Günther hat später hier sein Studium absolviert. Wenn wir ihn und seine Familie im Kreis Rendsburg-Eckernförde besuchen, gehört jedes Mal ein Spaziergang am Nord-Ostsee-Kanal dazu. Dann kommen wieder diese Erinnerungen an 1933 auf, und ebenso muss ich daran zurückdenken, dass ich im April und Mai 1945 im Rendsburger Reservelazarett, dem heutigen Martinshaus, am Kanalufer lag.

Für die Rückfahrt von Kiel nach Lübeck hatte sich der Leiter unserer Klassenfahrt, Geographielehrer Dr. Kollwitz, ausgedacht, dass wir in Preetz die Zugfahrt unterbrechen und die Holsteinische Schweiz bis Eutin auf Wanderwegen durchqueren. Von Eutin bis Lübeck sollten wir wiederum die Bahn benutzen. Als

Kleinod erlebten wir den Ukleisee, den Hilde und ich bis zum heutigen Tage ins Herz geschlossen haben und mindestens einmal jährlich umwandern. Unterhalb des reizvollen ehemaligen Jagdschlösschens des letzten deutschen Kaisers, das heute als Leseraum für Kurgäste genutzt wird, machen wir dann am Seeufer Halt und betreten einen kleinen hölzernen Steg, auf dem wir kurz verweilen. Denn genau hier hatte ich im Sommer 1933 gestanden und mit meinen Schulkameraden auf den romantischen See und den umliegenden Hochwald geschaut.

Einmal noch sind wir dann in Lübeck durchs FEGEFEUER gegangen, um in der Jugendherberge zu übernachten. Anderntags ging es vom Ostpreußenkai in Travemünde auf Seereise, diesmal mit der HANSESTADT DANZIG, und die Klassenfahrt in die Zukunft fand ihr äußerliches Ende. Noch längst nicht beendet aber ist das Nachdenken über Zusammenhänge oder mögliche Fügungen und alles, was sich in mir tief eingeprägt hat."

Zwischenspiel #1

„Ihr bemerkt, dass Gunthár immer noch Schulmeister ist."

„Ja klar, das wird deutlich und noch mehr: Gunthár ahnt, dass sein Schicksal nicht nur von Zufälligkeiten abhing, sondern Bestimmungen unterlag, deren Urheberinnen für ihn natürlich nicht fassbar sind."

„Ich stimme dir zu, es ist doch wunderbar, wenn der Mensch an Fügungen glaubt, meine aber, dass es auch echte Zufälle im Menschenleben gibt, auf die wir keinen Einfluss haben."

„Die gibt es in der Tat, aber nur, weil wir sie zulassen. Kleinigkeiten gehen uns nichts an. Was meinst du, Skuld?"

„Selbstbestimmung ist ein hohes Gut, doch ich erkenne darin immer mehr einen müden Ausdruck vielfältiger Bedürfnisbefriedigung oder auch nur ein leeres Wort. – Zurück zu Gunthár: Ihm ging es nicht vordergründig darum, sein Leben selbst zu bestimmen, er ließ die Dinge meist auf sich zukommen, fügte sich oft, griff auch mal ein, geringfügig, eben ganz menschlich und lebte glücklich, weil es uns gibt. Wir weben und wissen genau, was gut für ihn ist. Und ich stehe nun vor der schweren Aufgabe, festzulegen, was die Zukunft noch bringen soll. Gunthár ist immerhin 80 Jahre alt und hat ein erfülltes Leben hinter sich."

Sie unterhalten sich weiter, und Urd beschwört die Vergangenheit herauf; ihr Brunnen plätschert munter dazu wie schon in uralter Zeit. Doch die Weltesche oben beugt sich im Sturm. Im Wurzelbereich herrscht Ruhe. Nidhögg nagt still am Wurzelgeflecht, Ratarösk läuft wieselflink den mächtigen Stamm hinauf, stoppt abrupt, schaut kurz zurück und bewegt sich zackig weiter, mal linksrum, mal nach rechts, Schimpf und Zank im Gepäck.

2. KAPITEL

JUGEND IM OSTEN

Tief gelegenes, fruchtbares Land im Weichsel-Nogat-Delta umgibt Nowy Dwór Gdanski. Ein feuchter Nordostwind streicht über die Ebene und lässt Menschen frösteln. 1916 hieß diese Kleinstadt Tiegenhof und gehörte zum westpreußischen Kreis Marienburg. Nach Ende des ersten Weltkriegs wurde Tiegenhof Kreisstadt des neu gebildeten Landkreises Großes Werder, der dann mit zwei weiteren Landkreisen das Hinterland der Freien Stadt Danzig ausmachte. Dieses Gebiet wurde nach dem Frieden von Versailles zu einem selbstständigen Staat unter der Oberhoheit des Genfer Völkerbundes, vom deutschen Mutterland gänzlich abgetrennt. Vergeblich protestierten die Bewohner Tiegenhofs, sie waren nicht gefragt worden. Auch Vater Schalkowskis Protest verhallte. Er war nicht so massiv ausgefallen, seine Frau und der gelernte Kaufmann betrieben gerade Nestbau und Brutpflege: Die Kinder hießen Elfriede, Kurt, Irmgard und Günther, das älteste. Johanna, starb im Alter von zwei Jahren.

Die recht verworrenen politischen und wirtschaftlichen Gegebenheiten bildeten den Hintergrund der Kinder- und Schulzeit Schalkowskis. Die evangelische Grundschule und das Realgymnasium sorgten für umfassende Allgemeinbildung und prägten das Werden und Wachsen des Jungen. Besonders seinem Deutschlehrer in der Oberstufe, Studienrat Hans Schrader, gelang es, Schalkowski für Literatur zu begeistern. Er schätzte die poetischen Realisten Wilhelm Raabe, Conrad Ferdinand Meyer und Gottfried Keller; Theodor Storm wurde sein Lieblingsdichter. Seinem Musiklehrer Hugo Ernst verdankte er den Zugang zu klassischer Musik, die Balladenvertonungen von Karl Loewe gefielen ihm über alle Maßen. Ernst brachte ihm auch das Bratschespielen bei, so dass er im Schul- und auch später im Hochschulorchester einigermaßen mitwirken konnte.

Rückblickend bezeichnete Schalkowski seine Kindheit und Schulzeit als eine glückliche Epoche seines Lebens. Vieles fiel ihm zu, harte Arbeiten vermied er. Ein Stubenhocker war er nicht. Aus alten Lumpen und stabilem Bindfaden entstand ein Fußball, der „Ochsenmarkt" wurde zum Bolzplatz. Dass der Ball nicht aufsprang und rund lief und seine Bahn kaum zu berechnen war, störte die Jungen wenig. Im Sommer tummelten sich die Freunde am Ufer des Flüsschens Tiege zwischen Raiffeisen und Ölmühle, im Winter liefen sie Schlittschuh oder rodelten vom Tiegedamm, wenn das Wetter die passenden Voraussetzungen lieferte, was in der Realität längst nicht immer der Fall war, in der Erinnerung dagegen viel häufiger.

Gleich nach dem Mittagessen liefen die vier Geschwister am Heiligabend zur Großmutter mütterlicherseits, Marie, in die Heinrich-Stobbe-Straße. Nach dem Kaffeetrinken fand hier die erste Bescherung statt. Wenn dann die Dunkelheit aufzog, kehrten die Kinder mit ihrer Oma im Schlepptau und allerlei Geschenken bepackt zur elterlichen Wohnung zurück, wo dann mit Tannenbaum, Weihnachtsliedern, Gedichten, bunten Tellern und weiteren Geschenken das Fest seinen traditionellen Verlauf nahm. Am ersten Feiertag sprach der Pastor im Weihnachtsgottesdienst den Segen Gottes.

In den Sommerferien durfte Günther seine Großeltern väterlicherseits in Danzig besuchen und genoss wenigstens einmal im Jahr den Duft der geschichtsträchtigen Großstadt, die doch so anders war als seine kleine piefige Heimatstadt, an der in Wirklichkeit sein Herz hing.

Nach seiner Konfirmation am Palmsonntag 1930 trat Schalkowski dem Evangelischen Jungmännerverein bei. Auch war er in der Bündischen Jugend aktiv und damit automatisch Mitglied der Deutschen Freischar. Seine Liebe zur Natur und die Freude an ausgiebigen Wanderungen fanden in diesen Gruppen ihre Erfüllung. Neben den Novellisten stand nun auch der „Zupfgeigenhansl" im Regal; zahlreiche Lesezeichen zeugten von regem Gebrauch.

Der Knabe sah sehenden, aber nicht durchdringenden Auges das Aufkommen der nationalsozialistischen Bewegung, bemerkte ihr rapides Anwachsen; seine Jugendgruppen gingen in der Hitlerjugend auf.
So wurden Schalkowski und seine Freunde Mitglieder der HJ.

Zwischenspiel #2

„Zufall, Schicksal, Fügung oder Bestimmung, vielleicht Gottes Wille, so bezeichnet der Mensch das Aufeinandertreffen zukünftiger Lebenspartner, so dass Anziehungskräfte zu greifen vermögen. Gunthár jedenfalls wird den Zufall ausschließen."
„Er ist bereits auf der Suche."
„Die Liebe zu lernen, wird seine Aufgabe nun sein, Verantwortung zu tragen und sich Sorgen zu machen, immer wieder."
„So sei es."

3. KAPITEL

HILDE – AUF UMWEGEN

Altjahrsabend 1933/1934: Günther Schalkowski, sein Freund Werner Ude und noch weitere junge Männer zogen ausgelassen durch die Straßen Tiegenhofs. Es war windstill und trocken, Frost lag in der Luft.

„Zum Wohl!" – „Prost!" – „Auf die Weiber!"
Werner Ude steckte die kleine bauchige Machandelflasche zurück in seine ausgebeulte Jackentasche. Der klare Wacholderschnaps war eine beliebte Spezialität in Westpreußen. Stobbes Machandel aus Tiegenhof! Danziger Goldwasser dagegen schmeckte viel zu süß und passte nicht zu harten Jungens.

„Schau mal, wer da kommt!"
Eine Gruppe junger Mädchen kam ihnen Arm in Arm entgegen, vertieft in fröhliche Unterhaltung, sehr vergnügt, wie es schien. Nun schauten sie zu den Jungen. Schalkowski kannte sie alle bis auf ein Mädchen, das am Ende der Kette ging. Andere Tiegenhöfer Jungen kamen aus einer dunklen Seitenstraße gelaufen, nutzten den Überraschungseffekt und trennten unter Gegröle das auch ihnen unbekannte Mädchen von den Kameradinnen. Es wurde von den Jungen umringt, richtiggehend eingekesselt; die Begleiterinnen griffen verbal vergeblich ein, einige kicherten. Schalkowski und Ude blickten sich kurz an, nickten sich zu und ergriffen die Initiative. Mit ein bisschen Körpereinsatz und deutlichen Worten gelang es den Freunden, die Fremde aus der Umklammerung der anderen zu befreien. Jungen und Mädchen zogen weiter, drei bleiben zurück. Die beiden Freunde nahmen das Mädchen in ihre Mitte und übten sich in Kommunikation. Sie erfuhren, dass es Hilde heißt, in Danzig lebt und dort zur Schule geht. In Tiegenhof verlebe sie bei Verwandten ein paar Ferientage.

„Könnt ihr mich bitte zu Erichs' bringen, ich soll spätestens um Mitternacht da sein."

Zusammen schlenderten sie über kaltes Kopfsteinpflaster in die Lindenstraße und erreichten bald die hell erleuchtete Bäckerei und Gastwirtschaft Erichs. Hier also wohnte Hilde! Inzwischen hatte auch Wally Erichs, die eben noch zu der Mädchengruppe gehörte, das elterliche Haus erreicht, und auch die mitternächtliche Stunde war nicht mehr fern. Als das neue Jahr eingeläutet wurde, standen alle vor dem Anwesen und wünschten „Prost Neujahr!" Die Freunde verabschiedeten sich artig.

Schalkowskis Gedanken kreisten ohne Unterlass um die 15-jährige Hilde. Gleich am Neujahrstag machte er sich voller Hoffnung und mit pochendem Herzen auf in die Lindenstraße. Bäckerei und Gaststube waren geschlossen, und auch das Danziger Mädel konnte er nirgends entdecken. Ein kalter Wind pustete, der Junge war zu leicht bekleidet und fror. – In den nächsten Tagen entströmte der Bäckerei ein betörender Duft, Günther traf Hilde, und man redete. Das Wetter war ihm egal. Morgen musste sie wegen des Ferienendes abreisen, der Bus startete um 12.30 Uhr. Er brachte es fertig, sie auf der Rückfahrt ein kurzes Stück zu begleiten. Hilde saß im Bus, und an der nächsten Haltestelle stieg Günther zu, nahm an ihrer Seite Platz, wenigstens bis zum nächsten Ort. Hilde erschrak. Ein wenig unbeholfen bat er sie, ihr schreiben und sie in Danzig wiedersehen zu dürfen. Günther fühlte, dass er Hilde wohl ziemlich durcheinandergebracht hatte, doch zerstörte sie seine Hoffnung auf ein Wiedersehen nicht. Schalkowski war verliebt.

Die brünette Hilde schaute prüfend in den Spiegel. Günther kommt heute nach Danzig und möchte sie treffen. Seinen vorausgehenden Brief hatte sie positiv beantwortet. Die Zeiger der Standuhr neben dem Spiegel rückten heute besonders träge weiter. 12.30 Uhr, nun fährt Günther in Tiegenhof los. Die passende Bushaltestelle in Danzig war ihm bekannt. Hilde sollte ihn abholen. Wie wird das bloß?

Schalkowski konzentrierte sich, schaute durch die von Regentropfen und Staub getrübte Scheibe des Überlandbusses. Der nächste Halt war seiner. Er rückte sich die rote Mütze des Abiturienten auf dem Kopf zurecht, ein wenig schief muss sie sitzen, und stand auf. Der Bus kam zum Stehen, der Schaffner öffnete die Tür, nur ein Fahrgast stieg an diesem Sonntag hier aus. Er war allein.

Der leichte Nieselregen ließ die Steine der Stadt und die eisernen Geländer glänzen. Er schaute die Straße entlang; aus dieser Richtung müsste sie doch kommen. Hilde nahm nicht den direkten Weg. Die Langgasse, durch die die Buslinie führt, verläuft schnurgerade und ist weit. Auf gar keinen Fall wollte sie sich schon von weitem unendlich lange in seinem Gesichtskreis bewegen und sich beobachten lassen. Nun kam sie aus der entgegengesetzten Richtung aus einer Nebengasse, und es gelang ihr, Günther zu überraschen. Für eine Überraschung war Hilde immer gut.

Die etwas steife Begrüßung erfolgte per Handschlag. Man spazierte durch Straßen und Gassen, begutachtete die Auslagen in den Schaufenstern der Geschäfte, und als aus dem feinen Niesel ein fetter Regen wurde, lud Günther Hilde zu einem Kinobesuch ein. Sie sahen den neuen Film „Der Schimmelreiter", der nach Theodor Storms Novelle mit Mathias Wieman und Marianne Hoppe gedreht worden war.

Weitere Treffen folgten, Begrüßungen wurden weniger förmlich, Abschiede fingen zu schmerzen an.

Anfang April 1934 begann Schalkowski sein Lehrerstudium in Danzig-Langfuhr, nahm dort auch Wohnung, und die Begegnungen mit Hilde verdichteten sich mehr und mehr. Hildes Familie nahm Günther herzlich auf; gern war er dort zu Gast. Hildes Mutter Anna hatte als junges Mädchen im Danziger Ratskeller kochen gelernt und verwöhnte ihren zukünftigen Schwiegersohn nun mit leckeren Kuchen und wohlschmeckenden Gerichten.

„Lass dir's schmecken, Günther, nimm doch noch!"

Er genoss es, gut und reichlich zu speisen, und insgeheim gestand er sich ein, dass er hier besser versorgt ist als zu Hause in Tiegenhof.

Hilde liebte ihren Schalkowski, und Schalkowski liebte seine Hilde. Sie verlobten sich und heirateten nach drei Jahren Verlobungszeit kurz vor Weihnachten 1939 in Danzig. Schalkowski hatte dafür drei Tage Urlaub von der Truppe bekommen. Flitterwochen fielen aus. – Gert-Jürgen wurde 1943 geboren. Seit Kindertagen verfolgte Schalkowski der Wunsch, Lehrer zu werden. Das Ziel hatte er vor Augen, doch besonderen Ehrgeiz legte er nicht an den Tag, es klappte ja auch so. Locker bestand er die Aufnahmeprüfung an der neu gegründeten Hochschule für Lehrerbildung in Danzig-Langfuhr und nahm zum Sommersemester 1934 sein Studium auf.

Rektor der neuen Danziger Hochschule war Professor Franz Kade, ein Vertreter der modernen Reformpädagogik. Er galt als hervorragender Praktiker, war er doch vor Jahren selbst Volksschullehrer gewesen. Im Taunus in Westdeutschland unterhielt er eine Versuchsschule, wo die von ihm entwickelten Lehr- und Lernmittel erprobt wurden.

Als Schalkowski sein Studium begann, hatte er nur wenig Vorstellung von dem, was ihn in Danzig-Langfuhr erwartete, vor umfangreicher wissenschaftlicher Arbeit fürchtete er sich ein wenig. Quälen wollte er sich nicht unbedingt. Später erkannte er, dass er genau hier am rechten Ort ist und machte es sich bequem.

Die angesagte Pädagogik kam Schalkowski auf ganzem Weg entgegen und umarmte ihn. Diese freundliche Annäherung wies er nicht zurück. Bald stand er hinter der Arbeitsschule, die reine Lernschule mit allerlei Formalstufen entsprach nicht dem Geist der modernen Hochschule. Er beschäftigte sich mit Kerschensteiner und Gaudig, auch die Idee Petersens mit den Landschulheimen gefiel ihm. Die Lehr- und Lernziele des Unterrichts sollten vor allem in fächerübergreifenden Einheiten erreicht werden, und zwar so, dass die Kinder möglichst selbst mit geschicktem Einsatz geeigneter Lehrmittel dem Unterrichtsziel näherkommen. Die Aufgabe des Lehrers bestand nun darin, den Schülerinnen und Schülern dabei helfend zu assistieren. Eine Unterrichtseinheit wie etwa „Am Wegesrand" sollte in den verschiedensten Fächern als Lehr- und Lernstoff ausgebreitet werden: Schwerpunkt Biologie, aber auch Erdkunde, Deutsch, Kunst und vielleicht Religion. – Schalkowski studierte bei Professor Hellmuth Kittel evangelische Religion, was ihm mehr als alles andere dazu verhalf, die ihm später anvertrauten Kinder zu achten und ihre Seele zu verstehen. – En passant lernte er, dass schulisches Leben und Lernen innerhalb des Schuljahres auf dreifache Weise praktiziert werden sollte, nämlich mit Arbeit, Spiel und Feier. Der nationalsozialistischen Obrigkeit waren diese reformpädagogischen Leitlinien höchst verdächtig, zu viel demokratisches Gedankengut, zu wenig autokratisches und deutsch-nationales. Sie setzte zunächst bei der Einheit „Feier" an, hier konnte die nationalsozialistische Weltanschauung vorzüglich einsickern und zum Tragen kommen. Es dauerte nicht lange, und das Dritte Reich bereitete der Idee der modernen Arbeitsschule ein Ende. Im Krieg dann hatte man andere Sorgen. Schalkowski aber nahm sich im Stillen vor, in seinem Berufsleben Unterricht so zu gestalten, wie er ihn für richtig hielt.

Nach glücklich bestandenem erstem Examen trat Schalkowski seinen Dienst an der vierklassigen evangelischen Volksschule in Schöneberg an der Weichsel an, die von Hauptlehrer Arthur Borell geleitet wurde. Schalkowski kannte Borell, der seinerzeit in Tiegenhof in der Grundschule sein erster Lehrer gewesen war und den er sehr gemocht hatte. Schalkowski dankte Gott. – Bereits nach einem halben Jahr beauftragte der Danziger Kultussenator den jungen 20-jährigen Lehrer mit der Leitung der einklassigen Volksschule in Bärwalde, Kreis Großes Werder, einem von Schöneberg acht Kilometer entfernten Bauerndorf in demselben Schulaufsichtsbezirk. 66 Kinder aus acht Jahrgängen sollten in einem Klassenraum unterrichtet werden. Schalkowski stöhnte und dachte über Theorie und Praxis nach und über tiefe Gräben, die er nun überspringen musste. Tägliche minutiöse Einteilung und Durchführung des Stunden- und Unterrichtsplanes für die einzelnen Abteilungen waren deshalb vonnöten. – Hilde kam oft nach Bärwalde und half, wo immer es erforderlich war, im großen Schulhaus, mitunter auch in der Schularbeit und richtete ihren Verlobten immer mal wieder auf. Als hilfreich erwiesen sich auch die Junglehrer-Arbeitsgemeinschaften, die sporadisch wechselweise an den verschiedenen Schulen des Bezirkes stattfanden. Schalkowski musste dann viele Kilometer mit dem

Fahrrad bei Wind und Wetter zurücklegen. Zum Glück waren wenigstens die Wege eben.

Ende September 1937 war Schluss mit Schule. Der Lehrer von Bärwalde erhielt die Einberufung zum Dienst in der deutschen Wehrmacht und musste Soldat werden. Schalkowski stöhnte erneut, hatte er sich doch gerade erst in sein räumliches, berufliches und persönliches Umfeld eingewöhnt und einigermaßen behaglich eingerichtet.

Schalkowski erinnerte sich an die Zeit des Studienendes in Danzig. Kurz vor der Abschlussprüfung mussten sich alle männlichen Examenskandidaten in der Aula versammeln, um einen Vortrag des mächtigen Vorsitzenden der Prüfungskommission über den ehrenvollen Dienst in der deutschen Wehrmacht anzuhören. Jeder junge Lehrer müsse, wenn er in den staatlichen Schuldienst übernommen werden wolle, zunächst einmal selbst für ein Jahr die „Schule der Nation" absolvieren.

„Als Danziger Staatsbürger müssen wir doch gar nicht Dienst in der deutschen Wehrmacht leisten!"

Der Redner schaute sich den Störenfried genau an und betonte, dass sich alle Anwesenden deshalb freiwillig zu melden hätten, entsprechende schriftliche Erklärungen lägen dort auf dem langen Tisch bereit, er bitte jetzt um die Unterschriften. Die jungen Männer erhoben sich, vor dem Tisch bildete sich eine Schlange, das Gemurmel schwoll an, und alle leisteten nach und nach die Unterschriften. Die meisten dachten patriotisch, keiner wollte die Übernahme in den Staatsdienst aufs Spiel setzen. Schalkowski dachte besonders an die bevorstehende Verlobung mit Hilde und an die Gründung einer Familie, für die er so gerne sorgen möchte.

Ende September 1937 wurde Günther Schalkowski Soldat. Er blieb es mit Unterbrechungen bis Ende Januar 1946. Die Zusage der Begrenzung auf eine nur einjährige militärische Ausbildung erwies sich als plumper Trick, die zweijährige Wehrpflicht wurde eingehalten. In dieser Zeit begann der Krieg.

Schalkowskis Wehrdienst fing an mit einer Nacht- und Nebelaktion. Die sogenannten Freiwilligen aus Danzig mussten sich am späten Abend in der Messehalle einfinden, wurden dann listenmäßig erfasst und eingeteilt. Inzwischen war es stockdunkel geworden, und jemand brüllte:

„Antreten zum Abmarsch!"

Die Gruppe marschierte zum Hafen, Hilde war an Günthers Seite. Ein Schiff lag startklar am Kai bereit; eine Blaskapelle intonierte das Lied „Muss i denn zum Städtele hinaus". In Hildes Augen nahm er zum ersten Mal jenen teils aufmunternden, Mut machenden, teils traurigen, melancholischen Ausdruck wahr, den er später während des Krieges am Ende jeden Heimaturlaubs wiedererkennen wird.

Mit mehreren hundert Freiwilligen an Bord, alle sozusagen eingesperrt unter Deck, dampfte das Schiff los in die Dunkelheit, wohin, das wussten sie nicht. Am nächsten Morgen war das Ziel erreicht: Königsberg. Eine Wehrmachtskapelle empfing die müden Ankömmlinge auf der Pier mit dem Lied „Alle Vögel sind schon da". Nun erfolgte die Verteilung auf die einzelnen Standorte. Für Schalkowski hieß es:

„Tilsit, Radfahrabteilung 1."

Käse! Käse! Käse! Strenger Tilsiter war nicht gerade seine Lieblingssorte. Weiter nach Osten hätte es nicht gehen und noch schlimmer als Radfahrabteilung hätte es nicht ausfallen können. Schalkowski fügte sich in sein Geschick. Zum Glück hatte er sich ausreichend mit Zigaretten bevorratet. JUNO war seine Lieblingsmarke. „Aus gutem Grund ist JUNO rund." Die Orientzigaretten mit ovalem Querschnitt behagten ihm nicht.

Die Radfahrabteilung 1 bedeutete Aufklärungsabteilung der 1. Kavallerie-Division, die in Insterburg lag. Dieser Division gehörten zwei Reiterregimente, eine Pionier- und eine Artillerieabteilung an. Später im Krieg, nach den Einsätzen in Polen, der Sowjetunion, den Niederlanden, Belgien und Frankreich wurde diese Division zur 24. Panzerdivision umgestellt. Fahrräder mutierten zu Panzerspähwagen, Pferde zu Panzern.

Schalkowski schwitzte, der Wehrdienst war hart. Tilsit dagegen gefiel ihm immer besser, eine hübsche Stadt an der Memel, die dem jungen Lehrer weitere Erkenntnisse für das Literatur- und Geschichtsverständnis eröffnete. Er interessierte sich für Hermann Sudermann und Max von Schenkendorf; Luisenbrücke und Luisenkirche riefen die Zeit Napoleons und den Beginn der Befreiungskriege ins Gedächtnis zurück. Der Naturliebhaber verdrängte düstere Vorzeichen und erfreute sich während einiger Manöverübungen der schönen Landschaftsformen Ostpreußens wie der Rominter Heide oder der Seenlandschaft Masurens. So ertrug Schalkowski physische und psychische Unbill.

Zwischenspiel #3

„Gunthár hat seinen Beruf recht gewählt. Er bildet Kinder. Das ist beabsichtigt. – Was hast du mit ihm im Krieg vor, Skuld?"

„Er soll kein ausgezeichneter Kämpfer werden, das passt nicht zu seinem Wesen, kein Held fürs Vaterland, keine Abzeichen und Orden. Er wird überleben; ich bin keine Walküre, und Walhall ist schon Geschichte."

„Wir haben noch viel mit ihm vor."

„Recht gesprochen! Er darf mit seinem Drahtesel Europa kennen lernen!"

„Und ich habe noch eine Überraschung für ihn parat."

„Und ich sehe den kleinen Gert-Jürgen."

Die Schicksalsquelle sprudelt, Verdandi beugt sich über Urds Brunnen, formt beide Hände zur Schöpfkelle und trinkt.

4. KAPITEL

DER SINNLOSE KRIEG

Im Sommer 1940 hatte Schalkowski auf seinen Antrag hin drei Monate Urlaub vom Kriegsdienst erhalten, um seine berufliche Ausbildung zum endgültigen Abschluss zu bringen. Er durfte zunächst in Tiegenhof unterrichten und wohnte mit Hilde bei der Großmutter. Die 2. Prüfung für das Lehramt an Volksschulen absolvierte er im November an einer Schule in Zoppot, wurde dann Beamter auf Lebenszeit und bald mit der Leitung der Volksschule in Glabitsch, Kreis Großes Werder, beauftragt. Zum Unterrichten kam er dort allerdings nicht, er wurde ja im Krieg gebraucht. Hilde musste die Dienstwohnung im Schulhaus nutzen, fühlte sich dort aber ziemlich einsam, wenn auch die Bauern des Ortes, allen voran der Bürgermeister, manche Hilfe leisteten, und zwar besonders dann, wenn Schalkowski auf Heimaturlaub war. Mit einem Pferdefuhrwerk ließ ihn der Bürgermeister vom Bahnhof abholen.

Der 2. Weltkrieg tobte seit Jahren. Schalkowski war nach Paris gelangt. Kriegsdonner war nicht zu hören. Die deutsche Wehrmacht hatte eine Stadtrundfahrt mit Besichtigungen organisiert, die die Soldaten auch auf den Montmartre führte. Kondome wurden im Bus verteilt, die Kameraden dazu angehalten, sich wie Gentlemen zu benehmen. Am Place Pigalle betraten die jungen Männer aufgeregt das „Rideau du Montmartre" und wohnten einer gekonnten Kabarettvorstellung bei, die ihnen viel Spaß bereitete und vom Kriegsalltag mit Verwundung und Tod ablenkte.

Innerhalb der bunten Vorstellung gab es eine Pause, die Saaltür öffnete sich, und Schalkowskis vier Jahre jüngerer Bruder Kurt betrat mit einigen anderen Luftwaffensoldaten das Parkett. Günther traute seinen Augen nicht, aber es war tatsächlich Kurt, den er jahrelang nicht gesehen hatte und von dem er bis eben nicht wusste, wo er steckt und ob er überhaupt noch lebt. Auch Kurt erkannte seinen Bruder, und schon lagen sich beide in den

Armen. Alle Gäste und die französischen Mitarbeiter und Mitarbeiterinnen erlebten dieses Wiedersehen hautnah mit; einige waren bewegt, und ein Franzose spendierte spontan eine Flasche Champagner. Noch einige Zeit wurde zusammen gefeiert, dann trennten sich die Wege der Brüder wieder.

Als Gert-Jürgen geboren war, fühlte Hilde sich wohler im Glabitscher Schulhaus, zumal auch ihre Mutter Anna nun häufig mit der Kleinbahn aus Danzig zu Besuch kam. – So manches Mal steckte Schalkowski während der unendlichen Kriegsjahre in bösem Schlamassel. Sein Schutzengel hatte ihn noch immer rechtzeitig vor dem Schlimmsten bewahrt und sozusagen aus der Schusslinie gezogen. Das war seine feste Überzeugung. – Der letzte Heimaturlaub im Januar 1945 beendete die Episode in Glabitsch. Von Elbing herüber dröhnte Kanonendonner, die Rote Armee marschierte unaufhaltsam vorwärts.

Nun wurde die Zeit knapp. Schalkowski suchte die zuständige Stelle der Nationalsozialistischen Volkswohlfahrt (NSV) auf, und er überredete deren Leiter, einen Nachbarkollegen, die Erlaubnisbescheinigung zum Verlassen des Ortes für Hilde und den kleinen Gert-Jürgen auszustellen. Anschließend ging es Hals über Kopf auf Schmalspur nach Danzig, wo Schalkowski eine gleiche Bescheinigung auch für Hildes Mutter erwirken und Eisenbahnfahrkarten von Danzig nach Belgard in Pommern erstehen konnte, wo Hildes Verwandte lebten. Der Schwiegervater musste zunächst noch in Danzig bleiben und weiter seinen Postdienst ausüben.

Schalkowski konnte sich nur mit Mühe und einer List Hildes dem Zugriff der sogenannten „Kettenhunde" entziehen, die alle Heimaturlauber gleich zum Einsatz nach Dirschau an die Weichsel schicken wollten. Es gelang ihm, durch die wenig bewachte Sperre am Vorortbahnhof Danzigs und über Gleise hinweg zu einem Bahnsteig zu kommen, von dem aus ein voll besetzter Zug nach Berlin abfahren sollte.

„Lauf, Günther! Wir lieben dich."

Wie schmerzlich und würdelos dieser Abschied von Frau und Kind war! Günther Schalkowski erreichte irgendwann seinen Ersatztruppenteil in Bad Freienwalde an der Oder. Aber auch die Sowjets hatten bereits diesen Fluss erreicht und einen Brückenkopf gebildet. Schalkowskis Truppe wurde sofort zum Einsatz ins Oderbruch bei Wriezen beordert und sollte dort den Feind mit aller Kraft zurückdrängen, wenigsten aber aufhalten. Freund und Feind in unmittelbarer Nachbarschaft verhielten sich ruhig. Das Quartier der deutschen Soldaten war ein großer Bauernhof. Die Besitzer schienen geflüchtet zu sein, hungernde Tiere waren aber noch da. Schalkowski feierte seinen 29. Geburtstag mit einem phantastischen Schweinebraten und Torte mit Schlagsahne. Unter den Kameraden war ein gelernter Koch, mit dem sich Schalkowski ein wenig angefreundet hatte. Ein Koch ist immer wichtig. Nach dem Mahl wurden mit Genuss die Zigaretten angezündet. Eine gute Zeit der Fettlebe in diesen dunklen Tagen, bis die Soldaten nach einem knappen Monat der Befehl ereilte, den feindlichen Brückenkopf zu erobern.

Die Truppe war eigentlich ein verlorener Haufen, gebildet überwiegend aus Angehörigen von Genesendenkompanien; der Koch und Schalkowski gehörten körperlich noch zu den einigermaßen Robusten. Unterstützung durch schwere Waffen gab es nicht. In der Dämmerung formierten sie sich zum Angriff, Schusswaffen in den Händen. Und als sie den russischen Stützpunkt auf dem Brückenkopf erreichten, war es stockdunkel, es herrschte leichter Frost und war trocken.

„Und jetzt los, Männer!"

Mit lautem Hurra-Geschrei wollten sie die Feinde aus ihren Stellungen werfen. Diese hatten die Deutschen allerdings längst erkannt und eröffneten mit Leuchtspurgeschossen ein wahres Feuerwerk. Wenn es hell aufblitzte, sah Schalkowski im Bruchteil einer Sekunde silbern das Wasser der Oder blinken. Deckung gab es für ihn nicht, er fürchtete sein Ende, ähnlich dem Delinquenten, der mit verbundenen Augen am Pfahl die Todesschüsse erwartet. Die deutschen Soldaten schwiegen und rührten sich nicht, das feindliche Feuer ließ nach, nur noch vereinzelt fielen Schüsse. Und dann wurde er doch noch getroffen. Nicht direkt, es musste wohl ein Querschläger gewesen sein, der einen von ihm getroffenen harten Gegenstand durch die Luft wirbeln und dann gerade auf seinen rechten Unterschenkel aufprallen ließ. Kriegstechnisch galt das zwar nicht als echte Verwundung, für Schalkowski jedoch war es ein schmerzvoller Schlag, der ihn zu Boden streckte.

So endete Schalkowskis letzter Angriff in diesem sinnlosen Krieg, als Pleite. In der schützenden Dunkelheit der Nacht zogen sich die Deutschen am Fuße des Oderdeiches in Richtung Stützpunkt zurück. Schalkowskis Bein war stark angeschwollen, er kotzte ins Gras bis zur bitteren grünen Galle. Zwei Tage später bekam er Fieber mit Schüttelfrost, zu den Schmerzen im Bein auch Schmerzen im Unterbauch und beim Wasserlassen. Der Truppenarzt untersuchte ihn, ein guter Mann, und schickte ihn zur Krankensammelstelle nach Bad Freienwalde. Dort stand bereits ein Lazarettzug unter Dampf. Die Organisation klappte tadellos. Der Zug brachte Kranke und Verletzte nach Neustrelitz in Mecklenburg, wo sie zunächst in Sicherheit waren.

Drei Tage später begann im Oderbruch die sowjetische Großoffensive in Richtung auf Berlin. Schalkowskis Kameraden waren ihr zum Opfer gefallen, auch der Koch, einige in Gefangenschaft geraten. Schalkowski lebte in diesen Tagen im Zwiespalt. Seine Gefühle schwankten zwischen tiefer Dankbarkeit und Niedergeschlagenheit, und auch die Sorge um die Angehörigen, von denen er schon lange kein Lebenszeichen mehr vernommen hatte, bereitete ihm eine schlaflose Nacht. Die Schmerzen im Bein verblassten.

Schalkowski kurierte sich auf Schloss Neustrelitz, der ehemaligen Residenz der Herzöge von Mecklenburg-Strelitz, derzeit zum Reservelazarett umfunktioniert. Hier hatte einst Luise gewohnt, es war ihr Elternhaus. Schalkowski musste an Tilsit denken, wo alles begann. Sein Soldat-Sein fing mit Königin Luise an und endete mit ihr. Für ihn war Schluss, obwohl der Krieg noch nicht beendet war und er nach Genesung weiterhin den Dienst fürs Vaterland leisten müsste. Welches Vaterland?

Sowjetische Panzer standen vor der Stadt. Die gehfähigen Lazarettinsassen durften sich mit entsprechenden Ausweisen versehen Richtung Westen absetzen. Schalkowskis Leidensgenosse und Bettnachbar, ein Mann aus Osterrönfeld bei Rendsburg, schlug vor:

„Komm man mit nach Schleswig-Holstein bis über den Kanal. So weit schaffen es die Russen nicht, und die Engländer sind humaner."

Zwei Männer setzten sich bei strahlender Frühlingssonne im Schlosspark von Neustrelitz in Bewegung und marschierten einige Tage bis über den Kanal nach Rendsburg, wo sie sich am nördlichen Kanalufer im Reservelazarett, das vorher die Reichskolonialschule beherbergt hatte, meldeten und freundliche Aufnahme erfuhren. Und so wurde der Norden Deutschlands für Schalkowski zur neuen Heimat.

Hitler hatte sich durch seinen Freitod feige verabschiedet, vorher jedoch den Großadmiral Dönitz zu seinem Nachfolger bestimmt. Diesem gelang es zunächst, die deutsche Kapitulation hinauszuzögern und mit Hilfe der Marine noch Soldaten und Ostflüchtlinge nach Westdeutschland zu retten. Er plante, den unbesetzten Teil Schleswig-Holsteins, also das Gebiet nördlich des Kanals, gegen den Vormarsch der Briten zu verteidigen. Dönitz befahl deshalb, den Nord-Ostsee-Kanal schnellstens in den Verteidigungszustand zu versetzen und die Sprengung der Kanalbrücken vorzubereiten. Was für ein Blödsinn! Das Nordufer sollte Hauptkampflinie (HKL) werden. Und genau an dieser Linie lag das Rendsburger Lazarett und musste natürlich geräumt werden.

Zwischenspiel #4

Urds Nacken schmerzt. Immer mal wieder der Schulterblick zurück. Sie ist ein wenig aus der Übung geraten. Manchmal entgleitet ihr auch ein Faden, entfällt einfach. Sie nimmt ihn dann parzengleich wieder auf. Das kühle Wasser aus ihrem Brunnen lindert.

„Es wird einfacher, für Gunthár zu wirken, je weiter er sich gen Norden bewegt. Er kommt dem Kraftfeld näher, die Fäden werden kürzer."

„Scherze nicht, Urd!"

„Gunthár ist Slawe, kein Nordmann."

„Na und, dicht bei uns wird er seine Heimat finden."

„Wir dürfen bei allem nicht vergessen, dass auch er der Tätergeneration angehört, Schuld auf sich geladen hat."

„Kein Mensch ist ohne Schuld."

„Da hast du recht; deshalb trägt auch er Mitverantwortung für das Grauen. Keiner darf sich davonschleichen, ohne von uns zur Rechenschaft gezogen zu werden", sagt Skuld.

„Und unsere Schuld? Was ist mit uns? – Wir haben mehr als nur die Runen gegeben."

Urd und Verdandi sehen sich tief in die Augen.

5. KAPITEL

UND TAUSEND JAHRE SIND WIE EIN TAG ...

Die Lazarettangehörigen wurden in Zwölfergruppen eingeteilt, die jeweils von einem Dienstgrad angeführt werden sollten, der einen entsprechenden Marschbefehl erhielt. Jede Gruppe bekam Befehl, sich in eine bestimmte nördliche Richtung abzusetzen und gegebenenfalls nach Beruhigung der Lage wieder zum Lazarett zurückzukehren.

Schalkowski war Gruppenführer, Marschrichtung Eckernförde. Also zogen sie los, er vorneweg, die anderen im Gänsemarsch hinterher. Kaum hatten sie die letzten Häuser Rendsburgs hinter sich gelassen, da bestand die Zwölfergruppe nur noch aus zwei Mann, Günther Schalkowski und Fritz Schneider. Die anderen hatten sich selbstständig gemacht, Schalkowski sah sie nie wieder.

Und die Geschichte nahm ihren weiteren Verlauf. – Die Sonne strahlte bereits Kraft aus. Zwei Männer waren hungrig und durstig, Schuhe und Kleidung staubig. Sie erreichten den Ort Alt Duvenstedt, wo ihr Blick auf das Hinweisschild „Armeeverpflegungslager" fiel. Sogleich beschlossen sie, hier Quartier zu besorgen. Leider erwies sich dieses Vorhaben als unmöglich, das Lager war mit Wehrmachtsangehörigen bereits überbelegt. Im nahen Owschlag fanden sie dann Unterkunft in einer gesäuberten Kälberbox, die sie sich einigermaßen wohnlich gestalteten. Das Stallgebäude gehörte zu einem großen Bauernhaus, welches zudem das Hauptquartier eines Armeekorps' war und den Gefechtsstand des kommandierenden Generals beherbergte. Diesen trafen sie jedoch nicht. – Andertags organisierten sie einen Bollerwagen, und es ging zurück nach Alt Duvenstedt. Im Armeeverpflegungslager wollten die beiden Männer zunächst für drei Tage ihre Rationen empfangen. Der Versuch glückte: Nach Vorlage des Marschbefehls durften sie ihren Handwagen voll beladen mit je einer Verpflegungsration für drei Tage für insgesamt zwölf Mann, also 36 Tagesrationen. Nun waren die Zwei gut versorgt mit allem Nötigen: Brot, Butter, Wurst, Käse, Fleischkonserven, Zucker, Getränken und natürlich Zigaretten, alles im Übermaß.

Schalkowski hatte zunächst einige Skrupel überwinden müssen; aber mit der berechtigten Annahme, dass über kurz oder lang alle Lagerbestände in die Hände des Feindes fallen würden, rechtfertigte er seinen Entschluss, erst einmal an das eigene Wohlergehen zu denken. Einige Dosen mit Fleisch werden ihm zu einem späteren Zeitpunkt zur Aufbesserung seiner Verpflegung noch gut zu Diensten sein.

Am 9. Mai 1945 kapitulierte die deutsche Wehrmacht; der Krieg war beendet. Von einer Ordonanz des Generals erfuhren Schneider und Schalkowski in Owschlag davon. In ihrem Kälberstall hörten sie zwei Stunden später einen Pistolenschuss. Der General hatte sich erschossen. Es bestand für die Männer nun kein Grund mehr, in Owschlag zu verweilen. Und so machten sie sich, beladen mit den noch vorhandenen Verpflegungsbeständen, auf den Rückmarsch zum Lazarett am Nord-Ostsee-Kanal. Kurz vor Rendsburg warf Schalkowski in hohem Bogen seine Dienstpistole samt Ledertasche in die Eider. Im Lazarett meldeten sie sich zurück; nach den fehlenden zehn Mitgliedern der Gruppe fragte niemand. Keine Kanalbrücke war gesprengt worden.

Schalkowski stimmte das Ende des „1000-jährigen Reiches" nachdenklich. Einerseits konnte er froh darüber sein, andererseits keine glückliche Zukunft erwarten. Auch drückten ihn schwere Gedanken bezogen auf den Aufenthalt und das Schicksal seiner Angehörigen. Antwort gab es nicht, aber Hoffnung.

Vertreter der britischen Besatzungsmacht verhörten und überprüften gründlich alle Lazarettangehörigen. Mutmaßliche Naziverbrecher wurden aussortiert. Schalkowski gehörte nicht dazu. Ihm stellte man schon vorsorglich den Entlassungsschein aus der Kriegsgefangenschaft aus; eine Heimatanschrift, nach der er hätte entlassen werden können, konnte er jedoch nicht eintragen, nach Danzig ging es ja nicht. So musste er Gefangener bleiben und abwarten. – Aus den Beständen des Lazaretts empfing jeder Insasse einen mit Kleidungsstücken reichlich gefüllten Pappkoffer, ein Grund zu großer Freude; dann wurde das Lazarett aufgelöst.

Mit ihren Pappkoffern versammelten sich die Männer auf dem Paradeplatz in Rendsburg. Unter schwerer Bewachung wurden sie in Lastkraftwagen fortgeschafft und in ein weit ausgedehntes, offenes Gefangenenlager an der Hohwachter Bucht in der Nähe von Lütjenburg verbracht. Schalkowski bezog in der Nähe des Hessensteins, des Aussichtsturmes am Selenter See, sein neues Quartier: eine gemütliche Gartenlaube, die in diesen Frühlingstagen ein recht angenehmer Unterschlupf war. Britische Soldaten zeigten sich hier übrigens nicht; der Befehl lag weiterhin in deutschen Wehrmachtshänden, die allerdings von Briten geführt wurden. Schloss Panker war Sitz der Kommandantur.

Schalkowski kamen hier die mitgeschleppten Restbestände des damaligen Verpflegungsempfangs als Kostverbesserung sehr zustatten. – Im Lager hatte man nichts zu tun; es gab weder Lesestoff noch Post, noch irgendeine Abwechslung. Zum Baden im Selenter See war es noch etwas zu früh im Jahr, aber die herrliche Natur in diesem ostholsteinischen Hügelland mit Feld, Wald und See glich vieles wieder aus. Der letzten Eiszeit sei Dank!

Der Aufenthalt in der Idylle mit Gartenlaube brach schon bald jäh ab. Schalkowski wachte nach guter Nacht ohne irritierende Träume entspannt auf und vermisste sogleich seinen Vorratskoffer, den er stets neben seinem Nachtlager griffbereit zu deponieren pflegte. Darin verwahrte er alles, was ihm lieb und teuer war: die Kartentasche mit allen wichtigen Papieren, den letzten Briefen von Hilde, Fotos, Postsparbuch und Brille, ferner dann Unterwäsche und saubere Oberbekleidung. Dieser Koffer war gestohlen worden; Schalkowski vermutete als Dieb einen Landser, dessen Einheit am frühen Morgen dieses Tages verlegt worden war. Verärgert begab er sich auf den Weg zur Kommandantur und meldete den Vorfall. Dort nahm man den Tatbestand bedauernd und achselzuckend zur Kenntnis, womit Schalkowski natürlich nicht zufrieden sein konnte. Kurz entschlossen meldete er sich wegen des Verlustes seiner Brille augenkrank und verlangte die Beschaffung eines Ersatzes zur Herstellung des Sehvermögens.

Im Krankenrevier auf Schloss Panker gab es keine neue Brille, dafür einen Marschbefehl zum Lazarett Heiligenhafen, wo

Hilfe zu erwarten sei. Schalkowski tippelte los, ca. 30 Kilometer lagen vor ihm. Viel zu tragen hatte er nicht, das Wetter spielte mit, kühl zwar, aber trocken; nur, das bisschen Marschverpflegung, ein Kekspäckchen, reichte bei weitem nicht. Eine Meierei auf dem Weg vermochte zu helfen. Abends erreichte er Heiligenhafen und wurde im Lazarett aufgenommen. Nur vermochte man ihm auch hier nicht zu einer Brille zu verhelfen. Schalkowski musste nun geduldig warten, und warten konnte er. Während er ohne besondere Aufgaben in den Tag hineinlebte, Hafen- und Strandspaziergänge an der Ostsee unternahm, sorgte er sich immer mehr um die geliebten Menschen, von denen er überhaupt nichts wusste. Doch sein Glaube nährte die Hoffnung und ließ ihn nicht verzweifeln. – Die Tatsache, dass der Dichter Theodor Storm 1881 in Heiligenhafen weilte und hier die Idee zu seiner Novelle „Hans und Heinz Kirch" reifte, war Schalkowski nicht bekannt. Wie gerne hätte er andernfalls die markanten Schauplätze der spannenden Handlung aufgesucht.

Die Exkursion zu hübsch gelegenen Lazaretten Schleswig-Holsteins wenige Wochen nach Kriegsende nahm Fahrt auf, diesmal mit der Eisenbahn. Die nächste Etappe führte per Lazarettzug nach Schleswig. Die Überführung folgte liegend im Krankenhausbett, weswegen sich Schalkowski ein wenig schämte, denn es fehlte ihm ja nur die Brille und sonst nichts. Ein Stabsarzt ging durch die Waggons, trat an sein Bett und fragte nach dem Befinden.

„Mein Herz schlägt nicht immer ganz regelmäßig."

Der Arzt hörte ihn ab, nickte und vermerkte seine Beobachtungen auf einem Notizblock.

Im Lazarett Schleswig-Hesterberg zog Schalkowski in ein geräumiges Krankenzimmer und erlebte in der folgenden Zeit eine gute Versorgung. Doch trübe Gedanken kamen und plagten auch hier.

Die große Krankenhausanlage Hesterberg diente eigentlich der Psychiatrie, enthielt jetzt das Reservelazarett, und Schalkowski nannte bald eine neue Brille sein Eigen, eine recht einfache zwar mit Nickelfassung, aber wundervoll für die Augen.

Zwischenspiel #5

„Dieses Hin und Her soll nun ein Ende finden, das scheint mir schier unerträglich und ziemlich sinnfrei."

„Für Gunthárs Werdegang haben wir die Wege gewirkt, sie gehören zu ihm und machen ihn reich. Und du bist doch auch daran beteiligt gewesen, meine Liebe."

„Zuviel Ruhe tut niemandem gut, wir müssen ihm eine ordentliche Aufgabe geben."

Immer noch ergießt sich der Schicksalsquell in Urds Brunnen und erfrischt die Drei, die die Fäden in Händen halten. Es kommt vor, dass sie zittern.

6. KAPITEL

LEHR- UND HERRENJAHRE

Schalkowskis Aufenthalt in Schleswig währte über ein halbes Jahr. Die Lazarettstadt übte unter der Oberhoheit der britischen Militärregierung die Funktion der Hauptstadt des Regierungsbezirkes Schleswig mit Sitz der Verwaltung aus. In der Nachbarschaft von Schloss Gottorf stand das große rot geklinkerte Regierungsgebäude, auch Sitz der Schulverwaltung.

Schalkowski fasste sich ein Herz, betrat den Bau und fand bald einen Beamten, dem er sein Anliegen, Wiederverwendung im Schuldienst, vortragen konnte. Er saß vor dem Schreibtisch des Oberregierungsrates Schwark, der ihn freundlich befragte: „Wo kommen Sie her? – Waren Sie in der Partei?"

Schalkowskis Antworten lauteten:

„Ich bin Danziger, gehörte der Partei als einfaches Mitglied an, hatte kein Amt inne. Ohne gefragt zu werden, wurde ich mit 18 Jahren aus der Hitlerjugend in die Partei übernommen. Dann musste ich in der Wehrmacht dienen und in den Krieg ziehen. Und aus der Wehrmacht bin ich bis heute noch nicht entlassen."

„So sind wir Landsleute. Ich bekleidete in der Verwaltung in Marienwerder, Westpreußen, ein ähnliches Amt. – Hier haben Sie einen Fragebogen in englischer und deutscher Sprache, den füllen Sie bitte aus und reichen ihn mir zurück. Ich werde mich für Sie beim britischen Kommandeur einsetzen."

Schalkowski unterrichtete ihn über seine augenblickliche Lage und teilte ihm auch seine familiären Sorgen mit. Erleichtert und dankbaren Herzens kehrte er in sein Lazarett zurück, wo er alsbald den mehrseitigen Fragebogen wahrheitsgemäß ausfüllte. Am nächsten Tag legte er ihn vertrauensvoll in die Hände seines hilfsbereiten Landsmanns, der ihn noch ermunterte, sich zunächst in Geduld zu fassen.

Es begann eine Zeit des Wartens und des Hoffens. Kleine Wanderungen führten Schalkowski zum Dom, auf den Holm und einmal sogar bis zum Haddebyer Noor. Der Blick über die Schlei war lindernder Balsam. Ein Besuch in der Schleihalle verschaffte ihm ein Wiedersehen mit der Inneneinrichtung der ehemaligen KAP POLONIA von der Hamburg-Süd-Reederei und ließ die Erinnerung an die Klassenfahrt 1933 wieder aufleben. – Zweimal wöchentlich sprach Schalkowski im Regierungsgebäude vor, aber die erhoffte Genehmigung lag nicht vor. So nahm er die Möglichkeit der beruflichen Weiterbildung innerhalb des Fachgebietes Religion wahr. Die Teilnahme und der erfolgreiche Abschluss an einem Lehrgang der Kirchlichen Schule Schleswig befähigten ihn ab jetzt offiziell zur evangelischen Jugendunterweisung.

Schalkowski suchte nach einem Lebenszeichen von Hilde. Deshalb schrieb er an eine in Luckenwalde bei Berlin mit der Familie Hendrich vereinbarte gemeinsame Anschreibadresse. Hier hatte er im Sommer 1944 ein möbliertes Zimmer bewohnt, wo ihn Hilde für einige Tage besuchte. Er war zu jener Zeit nicht kriegsverwendungsfähig – „Mensch, Schalkowski!" – und zur Ausübung eines Sonderauftrages vom Wehrkreiskommando Berlin nach hier abkommandiert. Vorsorglich vereinbarten Hilde und Günther mit Hendrichs diese gemeinsame Anschrift, um sie dann zu benutzen, wenn einer vom anderen nichts mehr wissen sollte. Wieder zermürbendes Warten und beängstigende Unsicherheit. Und endlich hatte der stark beanspruchte Himmel ein Einsehen: Über den Vermittlungspunkt Luckenwalde erhielt Hilde im Herbst 1945 Günthers Lazarettanschrift. Voller Freude schrieb sie ihm, nannte ihren Aufenthaltsort, ein Flüchtlingsquartier in Techentin, Kreis Goldberg, in Mecklenburg und teilte ihm mit, dass alle einigermaßen wohlauf seien, der kleine Gert-Jürgen, sie und ihre Eltern Anna und Adolph. Ein schwerer Stein fiel Schalkowski vom Herzen. – Wie sehr sie in Belgard in Pommern unter den Besetzern und ihren eigenen Landsleuten gelitten hatte, von ihren Todesängsten schrieb Hilde ihrem Günther nichts.

Alles fügte sich. Eines verregneten Novembertages nahm Schalkowski die britische Genehmigung zur Ausübung des Lehrerberufes von Oberregierungsrat Schwark entgegen. Dann benachrichtigte er seine junge vom Schicksal so stark geprüfte Frau von seinem Glück, und nun konnten sie, zwar noch getrennt, das bevorstehende erste Nachkriegsweihnachten mit Dankbarkeit begehen. Hilde hatte es ungleich schwerer gehabt: die Verantwortung für Kind und Eltern, seelische und körperliche Angriffe. Die Angst als ständiger Begleiter war da und groß. Schalkowski hatte sich eine Schulleiterstelle auf dem Lande gewünscht, nicht in einer Stadt, da er meinte, im Hinblick auf Verpflegung und Unterbringung im urbanen Umfeld einige Nachteile zu haben. Herr Schwark hatte in diesen Zeiten viele Schulen im Angebot, Schalkowski sollte die Leitung einer einklassigen Schule auf der Halbinsel Eiderstedt an der Nordsee übernehmen. Dieser jubilierte und sah sogleich Theodor Storms Schimmelreiter über den Deich reiten. Die Geschichte, die dem Dichter einst als Vorlage diente, „Der gespenstige Reiter", spielt am Deich der Weichsel, also gar nicht weit von Schalkowskis Geburtsort. – Er schrieb an seine Hilde und bat sie, ihre Umsiedlung in die britische Zone nach Schleswig-Holstein zu veranlassen. Und Oberregierungsrat Schwark stellte Schalkowskis Meldung und Vorstellung auf dem Schulamt in Tönning als besonders dringlich heraus. – Es verging die Weihnachtszeit und fast der ganze Januar 1946, bis er endlich den Entlassungsschein aus der Wehrmacht aus der Hand des Chefarztes des Lazaretts auf dem Hesterberg entgegennehmen konnte. Schalkowski war ab jetzt Zivilist und ein freier Mann, was er beinahe neun Jahre nicht gewesen war. Die graue Wehrmachtsbekleidung hatte er vorher schwarz färben lassen, und nun organisierte er zwei Pappkartons und Schnüre für die Mitnahme seiner wenigen Habseligkeiten. So konnte er die letzte Etappe seines Weges nach Sieversfleth antreten auf der Suche nach einem Zuhause.

Schalkowski war auf der Straße. Eine Eisenbahn- oder Omnibusverbindung zwischen Schleswig und Eiderstedt gab es nicht. Wer hier unterwegs war, musste seinen Körper einsetzen oder auf Mitnahme in einem der wenig verkehrenden Kraftwagen hoffen. Am Morgen des 30. Januar 1946 um 6.30 Uhr, einem trüben, unangenehm kalten Wintertag mit leichtem Schneefall, nahm er die Straße nach Friedrichstadt unter die Füße. Innere Bewegung lief der äußeren den Rang ab. Was wird? – Die beiden Kartons über der Schulter, einer vorn, einer hinten, wippten zum Rhythmus der Schritte, störten kaum. Nach etwa 30 Kilometern erreichte er nachmittags Friedrichstadt an der Eider. In Höhe Koldenbüttel überholte ihn erstmalig ein PKW und stoppte. Der Fahrer war ein älterer Herr.

„Darf ich Sie ein Stück mitnehmen?"
„Oh ja, gerne. Ich muss nach Tönning."
„Dann steigen Sie mal ein!"

Der freundliche Mann verfügte über gute Ortskenntnisse und chauffierte Schalkowski nach Tönning direkt zu einer Herberge für ehemalige Soldaten. Hungrig verzehrte er dort den Rest seiner Marschverpflegung und streckte dann die Beine lang.

Der tapferen Hilde, ihrem Sohn und ihren Eltern waren inzwischen die Umsiedlung in den Westen geglückt, auch diesmal mit einigen Strapazen. Die Hoffnung auf eine vollständige Familie und ein absehbares Ende ihrer Odyssee hatten geholfen.

Schalkowski meldete sich am nächsten Tag auf dem Kreisschulamt, dessen Leitung in Personalunion vom Schulrat des Kreises Husum ausgeübt wurde, Eiderstedt war der kleinste Landkreis in Deutschland. Der Schulrat war nicht im Hause. Ein Kreisobersekretär empfing ihn und überreichte ihm eine Verfügung, in der er ab 1. Februar mit der Leitung der einklassigen Volksschule in Tetenbüll-Sieversfleth beauftragt wurde. Beim dortigen Bürgermeister habe er sich umgehend zu melden. Darüber hinaus drückte ihm der Beamte ein weiteres Schreiben in die Hand, das er doch bitte der in Sieversfleth noch tätigen Kollegin Fräulein Elfriede Petersen übergeben möge. Es handelte sich um das Entlassungsschreiben.

„Ich dachte, die Lehrerstelle in Sieversfleth sei vakant."
„Ist sie ja auch, ab morgen. Fräulein Petersen war eine engagierte, höchst aktive Führerin innerhalb des Bundes Deutscher Mädchen (BDM), stets im Einsatz für die Nazis und hat noch an Hitlers letztem Geburtstag am Schulhaus die Hakenkreuzfahne gehisst. Das geht gar nicht."

„Warum ist sie nicht schon längst entlassen worden?"
Der Kreisobersekretär verzog den Mund und zuckte mit den Schultern. Schalkowski lehnte deutlich das Ersuchen ab, Überbringer der Hiobsbotschaft zu sein.
„Das kann nicht meine Aufgabe sein, sie aus dem Lehramt zu werfen."
Der Kreisbeamte akzeptierte Schalkowskis Haltung, zeigte ihm auf der Kreiskarte seinen Dienstort und verhalf ihm auch zu einer Mitfahrmöglichkeit, diesen zu erreichen.

Schalkowski hatte Glück: Der Bürgermeister der Stadt Tönning nahm ihn mit nach Tetenbüll, wo er abends auf einer SPD-Wahlversammlung eine Rede halten wird. Sie kamen dort an, es war dunkel geworden, der Fahrgast stieg aus, der Bürgermeister fuhr weiter. Seine Veranstaltung fand im Ortsteil Sieversfleth statt, nicht hier im Kirchdorf. Eigentlich hätte Schalkowski ja noch weiter an den Ort seiner zukünftigen Schule mitfahren können, aber er war der irrigen Meinung, der hiesige Bürgermeister, bei dem er sich melden sollte, habe seinen Dienstsitz in Tetenbüll.

Schalkowski stand auf einem kleinen, wenig beleuchteten Platz, ratlos, verschwommen im Hintergrund die alte Dorfkirche, deutlicher im Vordergrund der Kirchspielkrug. Hunger und Müdigkeit ließen ihn nähertreten. Auf einem Schild an der Eingangstür las er: Inhaberin Swantje Paulsen. Sie stand hinter der Theke, wenige Personen saßen in der Gaststube. Wärme waberte, angereichert mit Bier- und Tabakdunst.

„Guten Abend!"
Der Gegengruß bestand aus unverständlichem Brummen und Murmeln, alle Augen waren auf den Eintretenden gerichtet, war er doch fremd und sah wenig vertrauenerweckend aus.

„Besteht die Möglichkeit, bei Ihnen zu übernachten und etwas zum Essen zu bekommen?"
Schalkowski las Unbehagen in den Augen der anderen, die Wirtin erschien unwirsch.

„Wat wullt Se denn überhaupt hier in Tetenbüll abends Klock söben?"

Er würde nun die Katze aus dem Sack lassen, den Grund seines Hierseins angeben. Die Anwesenden schüttelten nur mit dem Kopf, sie glaubten ihm nicht.

„In Sieversfleth unterrichtet Frl. Petersen die Kinder!", rief ihm einer zu.

„Das weiß ich, und es ist mir ja auch durchaus unangenehm, dass Frl. Petersen entlassen wird; aber das habe nicht ich zu verantworten."

Sie wollten ihm einfach nicht glauben. Erst als er die schriftliche Verfügung aus der Tasche zog und die Wirtin lesen ließ, brach endlich das Eis des Misstrauens gegenüber einem schäbig aussehenden Hochdeutschen. Er erhielt reichliche Abendverpflegung und zufriedenstellende Unterkunft für die Nacht, und das Frühstück am nächsten Morgen konnte er mit der Note „sehr gut" versehen.

Swantje Paulsen erläuterte – inzwischen recht zugänglich – alle weiteren für Schalkowski relevanten Umstände: Bis Sieversfleth seien es noch vier Kilometer, und Bürgermeister Harro Brodersen bewirtschafte einen Hof in der „Reichen Reihe" in Warmhörn. Schalkowski telefonierte, meldete sich an und erlaubte sich, den Bürgermeister um ein Fahrzeug zu bitten. Aus dem Hörer schnarrte es unmutig:

„Das ist bei uns nicht üblich."

Brodersen verwies auf die Möglichkeit, den Milchwagen abzuwarten und als Fahrgelegenheit zu nutzen. Dabei war die Meierei weit außerhalb Tetenbülls und die Zeit der Milchausfuhr längst vorbei. Solche Nebensächlichkeiten konnten ihn im Moment nicht aus der Fassung bringen, Schalkowski disponierte um. Er bat seine Wirtin um die Rechnung. Seine zwei Gepäckstücke durfte er zunächst im Lokal lagern, Lebensmittelkartenabschnitte verlangte sie nicht.

Schalkowski bekam an diesem Wintermorgen den ersten Eindruck der Landschaft hinter den Deichen als großartiges Erlebnis vermittelt. Ein herrlicher Wintertag in der Marsch. Er schritt kräftig aus. – Sieversfleth war erreicht und jene Stelle, an der man rechts nach Warmhörn abbiegen musste. Bald stand er dem Bürgermeister gegenüber, der sich ihm gegenüber höflich reserviert verhielt. Mit keinem Wort erwähnte er die zu entlassende Lehrerin. Und nur so nebenbei bedeutete er ihm, dass das Sieversflether Schulgebäude leer stehe, und erklärte den Weg dorthin. Auf die praktische Frage nach dem notwendigen Mobiliar verwies er den neuen Lehrer auf den Flüchtlingsbeauftragten der Gemeinde. Anmeldeprozedur und Zukunftsaufgaben waren damit für Brodersen erledigt. – Schalkowski kam es allerdings komisch vor, dass das Schulhaus leer stehen sollte. – Um die Mittagszeit erreichte er endlich sein Ziel. Der lange Weg nach Sieversfleth war gegangen.

An der aus roten Klinkersteinen gemauerten Wand neben der hübsch geschnitzten und gestrichenen zweiflügeligen Haustür war ein Schild zu lesen, das das Geheimnis des Hauses lüftete, eine Namensliste der Bewohner mit Angabe des Geschlechts und Geburtsdatums. Auf Anordnung der britischen Besatzungsmacht war eine solche gut lesbare Aufstellung an jedem Wohnhaus in der Landschaft Eiderstedt Pflicht. Die Halbinsel war ein einziges großes Internierungslager für deutsche Kriegsgefangene gewesen und als Sperrgebiet mit Ein- und Ausreiseverbot ausgewiesen, was inzwischen allerdings aufgehoben war.

Im Schulhaus lebten sechs Personen: die Lehrerin Elfriede Petersen, die Hausfrau Gertrud Hansen mit Tochter Elke und Sohn Uwe, die Hausfrau Christa Sanders mit Sohn Johannes. Einen Leerstand gab es nicht.

Wenn auch etwas irritiert, öffnete Schalkowski entschlossen die Eingangstür, eine Türglocke meldete den fremden Gast. Im Hausflur strömte ihm Wärme und ein verführerischer Duft frischer Pfannkuchen entgegen. Gertrud Hansen, blond und blauäugig, erschien und fragte freundlich nach seinem Begehren. Sie zeigte sich kaum beeindruckt von dem, was er ihr zur Kenntnis gab.

„Das haben wir schon lange erwartet."

Sie bedeutete ihm einzutreten. Im gemütlichen Wohnzimmer lernte er dann schnell die weiteren Hausbewohner kennen, die zur Entlassung anstehende Kollegin fehlte. Sie hatte sich nach dem beendeten Unterricht zum Mittagessen begeben, das sie stets in der Gastwirtschaft Tetenbüllspieker im Wasserkoog einzunehmen pflegte. Man stellte sich gegenseitig vor, und Schalkowski erfuhr, dass beide junge Frauen Schwestern und Kriegerwitwen waren. Gertrud Hansen war die Ehefrau seines im Krieg gebliebenen Vorgängers im Amt, der vor Elfriede Petersen. Und nachdem der Mann ihrer Schwester Christa gefallen war, nahm sie diese mit ihrem kleinen Sohn Johannes bei sich auf.

Schalkowsi mochte Pfannkuchen sehr, und diese hier schmeckten vorzüglich, frisch aus der großen gusseisernen Pfanne.

Als die junge Lehrerin Elfriede Petersen eintrat, war die Runde vollzählig. Sie hatte längst mit ihrer Entlassung gerechnet, zeigte keine aggressive Haltung gegenüber ihrem zukünftigen Nachfolger. Sie war sofort bereit, das Feld zu räumen und zum Spieker umzuziehen, wo es schon beschlossene Sache war, sie im Hause aufzunehmen.

Frl. Petersen übergab dem Neuen offiziell das Lehreramt und führte ihn in den Schulbezirk ein sowie bei den Eltern und Schülern. Aus dem Freundeskreis der Lehrer der Gemeinde Tetenbüll wurde sie nicht ausgeschlossen. Nach einer zweijährigen Pause wird sie in Silberstedt zwischen Husum und Schleswig eine Lehrerstelle übernehmen.

Schalkowski brauchte den Flüchtlingsbeauftragten nicht zu bemühen, er konnte das Zimmer seiner Vorgängerin übernehmen. Das Mobiliar gehörte Frau Hansen, die ihrem neuen Untermieter nach einiger Zeit andeutete, dass seine Nächte doch nicht immer so einsam sein müssten.

Hilde war inzwischen mit Gert-Jürgen und ihren Eltern in Schleswig-Holstein angekommen. Sie wohnten seit einiger Zeit bei einem Bauern in Geschendorf im Kreis Segeberg. Sie waren registriert und dazu angehalten, sich im Influx-Lager in Bad Segeberg einer gründlichen ärztlichen Untersuchung zu unterziehen. Dass dort Diphterie herrschte, konnten sie nicht ahnen, und so liefen sie schutzlos in ihr Unglück. Gert-Jürgen, der vor kurzem drei Jahre alt geworden war, infizierte sich mit dieser schweren Krankheit, weil die Arzthelferin die unbedingt erforderlichen Desinfektionsmaßnahmen bei der Untersuchung des

Rachenraumes unterlassen hatte. Das Liebste, was die Schalkowskis besaßen, wurde Opfer der Krankheit und ist in den Armen seiner Mutter gestorben. Als Gert-Jürgen noch leidend in seinem Bettchen gelegen hatte, sprach sie:
„Gertchen, du wirst mir doch nicht sterben."
Da hatte das Kind ernst genickt und geflüstert:
„Du hast ja jetzt den Papa."
Den ersten Kirchgang in Tetenbüll werden sie nie vergessen. Die Eltern nahmen Abschied von ihrem Kind. Begraben wurde es auf dem Friedhof am Rande des Kirchdorfs, draußen auf der Marsch. Wenigstens durften sie Gert-Jürgen mit dem bisschen Umzugsgut von Bad Segeberg mit der Eisenbahn nach Eiderstedt, Bahnhof Katharinenheerd, überführen. Und Schalkowski bedeutete es viel, dass er sein Kind nach langer Zeit noch lebend wiedersehen und sich an ihm freuen konnte, auch wenn diese gemeinsame Zeit sehr kurz war.

Zwischenspiel #6

„Musste das sein, Skuld?" Nahe der ersten Hauptwurzel des immergrünen Weltenbaumes sprechen sie über das Glück des Menschen. Sie sitzen bequem auf der Mauer, die an dieser Stelle das Gewässer abgrenzt. Manchmal fährt eine weiße Hand durch das klare Wasser, so ganz in Gedanken. Sie stimmen weitgehend darin überein, dass die wunderbare Gabe, tiefes Glück zu empfinden, die Erfahrung des Schmerzes voraussetzt.
„Aus Freud und Leid ergibt sich innerer Gewinn, der Gunthár zuteil wird."
„Ich habe immer noch Gert-Jürgen im Blick."

7. KAPITEL
IM PÄDAGOGISCHEN HIMMEL

Zeit des Geschehens: Ein Vormittag in den Osterferien 1946. Ort des Geschehens: Die Straße „Neustadt" in Husum. Das Geschehen: Hilde und Günther Schalkowski waren mit dem Bus in die Stormstadt Husum gefahren. Sie schlenderten durch die Neustadt. Auf einmal begegneten sie einer Frau, die ihnen bekannt vorkam. Sie überlegten. Es war Frau Sanders, Hildes Nachbarin aus Danzig, deren beide Söhne ihre Spielkameraden und gute Freunde gewesen waren. Auch sie erkannte das Paar, Hilde und sie umarmten sich herzlich. – Auf der anderen Straßenseite blieben zwei Frauen stehen und beobachteten das freudige Wiedersehen und nahmen selbst Anteil daran. Beim näheren Hinsehen erkannte Schalkowski eine der beiden als seine Tante Lotte aus Marienburg, die auch seine Patentante war. Nun lagen diese beiden sich in den Armen. – Schalkowski sah dieses doppelte Wiedersehen in jenen trüben Tagen als wahres Wunder an, geschehen innerhalb einer Viertelstunde, wirksam geblieben bis zum Ende seiner Tage.

100 Kinder warteten auf den Schulunterricht. – Der Lehrer bewältigte ihn, indem er je dreimal wöchentlich das erste bis vierte und dann das fünfte bis neunte Schuljahr in dem einzigen vorhandenen Klassenraum unterrichtete und dies ohne auch nur annähernd ausreichende Lehr- und Lernmittel.

Schalkowski beantragte eine zweite Lehrkraft, die einklassige wurde in eine zweiklassige Volksschule umgewandelt, und mit dem jungen Lehrer Peter Schramm begann eine neue Zeit. Nun konnte der volle Unterricht erteilt werden, umschichtig im wöchentlichen Wechsel vor- und nachmittags. Als dann nach einigen Jahren im Wasserkoog, noch im Sichtbereich der alten Schule Sieversfleth, ein neues Schulgebäude mit Lehrerwohnung für Peter Schramm und Lehrküche entstand, schwebte Schulleiter Schalkowski im pädagogischen Himmel. Zu den Kollegen der

Nachbarschulen gab es guten Kontakt; man spielte zusammen Faustball und feierte oft und heftig.

Der Neubeginn 1946 war wirtschaftlich gesehen nicht ohne Probleme: keine Möbel, Kleidung, wenig Wäsche. Und Gebrauchsgegenstände und Lebensmittel gab es nur auf Marken zu kaufen. Auch besaß Schalkowski nicht das geringste Objekt, womit er etwa, dem Gebrauch jener Tage folgend, lebensnotwendige Dinge hätte eintauschen können. Sein Lehrergehalt war gering. Hilde half fleißig. Sie unterrichtete Nadelarbeit, reinigte und heizte den Klassenraum. Günther leerte die Latrinen, anfangs übergab er sich dabei. Im Norderheverkoog durften er, Hilde und seine Schwiegereltern bei den Bauern Johnsen und Mühlens nach der Getreideernte Ähren sammeln. Schwiegermutter Anna war dabei besonders erfolgreich. Die Herren plagte der Schmerz im Rücken. Adolph lief täglich den langen Weg zum Koog, um frische Milch zu holen. Und alle Wollbüschel, die im Draht der Zäune an den Schafweiden festklemmten, waren nicht sicher vor Hilde, wenn sie mit Günther am Deich spazierte. Im Sommer schaute er nach weißen Champignons auf den grünen Weiden; hoch oben am Himmel: Lerchenlaut.

Aus Nachbarn wurden Freunde in der Not; die Freundschaften hielten. – Gertrud Hansen und ihre Schwester Christa Peters waren mit den Kindern schon lange ausgezogen, so dass das Schulhaus mit hübschem Blumen- und weitläufigem Gemüsegarten Schalkowski und seinen Lieben allein gehörte. Hoch am hölzernen Fahnenmast knatterte die Eiderstedter Flagge, drei Koggen auf blauem Grund, im westlichen Wind; weiße Wolken kontrastierten zum weiten Himmelsblau, bewegten sich lautlos.

Von seinen Eltern und Geschwistern wusste Schalkowski inzwischen, dass sich diese als Internierte im Flüchtlingslager Oxböl bei Esbjerg befanden. Das rettende Schiff, das sie in der Danziger Bucht bei Schiewenhorst aufgenommen hatte, legte erst nach der deutschen Kapitulation in Dänemark an. Auch seine Großmutter Marie hielt sich einige Jahre dort auf, kam dann ins Flüchtlingslager Pöppendorf bei Lübeck, von wo sie ihr Enkel nach Sieversfleth abholte. Hier blieb sie wiederum mehrere Jahre, bis sie dann von seinen Eltern, die inzwischen nach Oberprechtal im Schwarzwald umgesiedelt waren, aufgenommen wurde. Seine Schwestern gelangten auf verschlungenen Pfaden nach Schweden. Seinen Bruder Kurt hatte es ins Rheinland verschlagen.

Es war nicht immer leicht für Schalkowski im Schulhaus. Er war ein guter Lehrer, der seinen Schülerinnen und Schülern Rüstzeug fürs weitere Leben mitgeben konnte. Der Lehrer aus dem Osten wurde allmählich in der Bevölkerung anerkannt und von vielen geschätzt, zumal er sich auch ehrenamtlich in der politischen und kirchlichen Gemeinde engagierte. Das alles erfüllte ihn. Doch der umfangreichen Haus- und Gartenarbeit ging er gerne aus dem Weg. Die akkurate Hilde und besonders ihre resolute Mutter Anna übernahmen das Regiment im Hause, und Schalkowski schaute übellaunig den Kiebitzen auf der Wiese zu.

Das Leben kommt und geht: 1948 wurde Heinz Günther im Schulhaus geboren. Dr. Herrmannsen aus Garding leistete hemdsärmlig Geburtshilfe, Oma Anna assistierte, Schalkowski litt. – Opa Adolph starb im heißen Sommer 1950 an den Folgen eines Krebsleidens und wurde neben Gert-Jürgen auf dem Tetenbüller Friedhof bestattet. – Ab 1951 hatte Kaufmann Schulz Zigaretten der Marke JUNO, „dick und rund", im Angebot, Schalkowski langte zu.

Metronom Tide, Sturmfluten bei Vollmond, schlaflose Nächte, Kinder wurden bei Flut geboren. Die Winter waren stürmisch und öde. Theodor Storms Novellen halfen nicht mehr. Schalkowski hatte sie alle mit Freude gelesen, manche zweimal. Der Zugang zu Storms Lyrik, „Ich höre des gärenden Schlammes geheimnisvollen Ton", stand ihm nicht so weit offen. Zehn Jahre auf der flachen „Kuhdreckinsel" Eiderstedt reichten, zumal Heinz Günther seinen heftigen Husten über Wochen nicht los wurde. Ein Facharzt der Uni-Klinik Kiel hatte der Familie geraten, nach Möglichkeit das raue Reizklima der Westküste zu verlassen und an die mildere Ostküste zu ziehen. Und das tat sie.

Zwischenspiel #7

Sie werfen einen Blick schräg nach oben in die Weite, Heimat der Menschen, die mittlere Ebene des Weltenbaumes im Gleichgewicht zwischen Asgard und Hel mit all den materiell manifestierten Dingen und Ereignissen, von strahlend hell bis dunkelgrau, im äußersten Süden das Feuerreich und im Norden das ewige Eis. Dann schaut Urd wieder zurück.

„Gunthár lässt uns nicht los."

„Verkehrte Welt! Wir sind es doch, die ihn nicht loslassen."

„Ich halte ihn in der Spur."

„Aber bitte geradeaus!"

8. KAPITEL

DIE JAHRE IN NIENDORF

In Niendorf tagte 1952 die von Hans Werner Richter gegründete „Gruppe 47" mit den jungen Literaten Martin Walser, Heinrich Böll, Siegfried Lenz und anderen. Der Lyriker Paul Celan trug sein Gedicht „Todesfuge", das später zum bekanntesten deutschen Gedicht der Nachkriegszeit wurde, den Kollegen vor; sein Vortrag geriet damals zum Misserfolg.

„Der Tod ist ein Meister aus Deutschland." Anderthalb Jahrzehnte im Ostseeheilbad Niendorf zu leben, das war für Schalkowski, der Paul Celans Gedicht nicht kannte, wie eine Rückkehr in die ferne Heimat der Kindheit und Jugend, wo er sich vor langer Zeit in den Wellen des baltischen Meeres getummelt hatte.

Die dienstliche Versetzung war problemlos verlaufen. Der Lehrer von Eiderstedt wurde Konrektor an der Niendorfer Volksschule und wirkte wie eh und je; die Schülerinnen und Schüler mochten ihn. Das örtliche Vereinsleben gestaltete er im Vorstand des Fremdenverkehrsvereins und des Roten Kreuzes mit. Politisch war er nicht aktiv, äußerte seine Meinung nur, wenn es tatsächlich einmal angebracht erschien. Er war Demokrat, ein Konservativer, der auch liberalen Ideen nicht immer ablehnend gegenüberstand, vor allem nach Diskussionen mit seinem Sohn. Von seinem Wahlrecht machte er ausnahmslos Gebrauch, die sogenannte christliche Partei erfuhr häufig seine Unterstützung. Hilde engagierte sich im Niendorfer Hausfrauenbund. Mit der Familie des Leiters des Postamtes und einigen Nachbarn schloss man Freundschaften. Auch Oma Anna gewann einen kleinen Freundeskreis und nahm noch bewusst am Leben des Ostseebades teil. Heinz Günther besuchte das Ostseegymnasium in Timmendorfer Strand und war viel mit dem Fahrrad und später mit dem Moped unterwegs. Vater Schalkowski hatte die Führerscheinprüfung bestanden und nannte als erstes Auto einen weißen VW Käfer sein

Eigen. Der stolze Fahrer sonnte sich in einer bis dahin nicht gekannten Freiheit. Das Rauchen hatte er nach einer Kehlkopfentzündung aufgegeben.

Das ursprüngliche Fischerdorf Niendorf wusste zu gefallen. Eingebettet zwischen dem Fischereihafen im Westen und dem Brodtener Steilufer im Osten liegt der Ort naturverbunden am Ostseestrand und genießt einen guten Ruf als kinderfreundliches Familienbad und Einkaufsquelle für täglich fangfrische Fische.

Hilde und Günther saßen während des Sommers oft im eigenen Strandkorb am Strand und genossen das Badeleben. Hier regierte Dora Westphal. Sie vermietete Strandkörbe im Auftrag von Willy Bunde, mit dem Schalkowski Freundschaft geschlossen hatte, eine überaus zugewandte, freundliche Frau mit dunkelbraunem, faltigem Gesicht, das dem langen Aufenthalt im Freien an der See geschuldet war. Schalkowski las. Er hatte von Günter Grass gehört, dem aus Danzig stammenden Schriftsteller, hatte sich dessen 1959 erschienenen Roman „Die Blechtrommel" gekauft und benotete nach der Lektüre den Inhalt mit „gerade noch ausreichend", Ausdruck und Stil kamen etwas besser weg. Aus dem Strandkorb nebenan drang aus einem Kofferradio Musik an sein Ohr: Friedel Hensch und die Cypris spielten und sangen „Nichts ist so schön wie der Mond von Wanne-Eickel". Schalkowski schmunzelte. – Oft nahm er Schulsachen mit an den Strand, auch Klassenarbeiten korrigierte er dort, wobei ihm das Klapptischchen im Strandkorb eine bescheidene, aber wertvolle Hilfe war.

Schalkowskis und Oma Anna wohnten zur Miete, zunächst im „Haus Vaterland" direkt an der Strandpromenade, später im Neubaugebiet am Ortsrand Richtung Häven in Friedhofsnähe. Gartenarbeit fiel nicht an; das Kochen und die übrige Hauswirtschaft teilten sich die Frauen. – Schalkowski ging es gut an der Lübecker Bucht. Und im Mai leuchteten die Rapsfelder in der ostholsteinischen Hügellandschaft und mischten ihren betörenden Duft mit der frischen Seeluft.

Gerne besuchte er St. Petri, deren Innenausstattung ihrem Anspruch als Fischerkirche gerecht wird. Über dem Altar stehen gut sichtbar Jesu Abschiedsworte geschrieben: „Siehe, ich bin bei euch alle Tage bis an der Welt Ende." Sein Freund und Danziger Landsmann Pastor Kanisch leitete die Kirchengemeinde. Schalkowski war sein Stellvertreter im Kirchenrat und fungierte als Verwalter der Kirchenkasse. Am Reformationstag stand er auf der Kanzel und predigte im Schulgottesdienst. Er wurde Synodaler der Eutiner Landeskirche und dann Mitglied der verfassungsgebenden Synode der nordelbischen evangelisch-lutherischen Kirche. Außerdem war er Leiter der Arbeitsgemeinschaft der evangelischen Religionslehrer im Kreis Eutin.

Schalkowski war bekannt an der Ostsee. Und als das Direktorat des großen Kinder- und Pflegeheims für geistig behinderte Menschen in Lübeck-Schlutup nahe der Grenze zur DDR vakant geworden war, kam man mit der Bitte auf ihn zu, dieses hohe, ehrenvolle Amt zu übernehmen. Er sei genau der richtige Mann. Und er lehnte nicht ab.

Schalkowskis wurde aus seinem behaglichen, überschaubaren Leben gerissen. Ein neuer Kurs wurde abgesteckt. Der Abschied von Niendorf fiel schwer, besonders Hilde litt. Die Folge dieser tiefgreifenden Veränderung war ein siebenwöchiger Krankenhausaufenthalt. Die Wende zur Herstellung ihrer Gesundheit erbrachte eine Kur in Bad Pyrmont. Auch für Oma Anna brachte der Ortswechsel natürlich Probleme; aber letztlich gab sie sich wegen der zahlreichen positiven Argumente zufrieden. Sie kehrte nach Niendorf zurück, als sie im gesegneten Alter von 89 Jahren am 2. Advent 1976 verstorben war, und fand auf dem Friedhof dort ihre ewige Ruhe. Heinz Günther studierte in Kiel und empfand den Wechsel als spannend.

Zwischenspiel #8

„Wir kurbeln am Rad, die Kurve kommt. Gegenverkehr ist in Sicht."
„Gunthár steuert mit uns auf den Höhepunkt seiner beruflichen Laufbahn zu."

„Er hat sich nicht in das Amt gedrängt, er kannte es gar nicht. Andere haben ihn berufen."

„So sollte es sein."

„Macht ausüben ist nicht unbedingt das, was er will."

„Er wird sie aber dringend brauchen."

Die Wurzel ist warm wie der Schlamm, der den Weltenbaum nährt. Das Wasser rauscht. Urd, Verdandi und Skuld verfallen in Schlummer.

9. KAPITEL

IM MITTELPUNKT: DIE MENSCHEN

Schalkowski begann seinen Dienst 1971. Zehn Jahre später endete dieser, als er 65 Jahre alt geworden war. Im Mittelpunkt seines Fühlens, Denkens und Tuns standen dabei die Menschen: Menschen, die als geistig und mehrfach Behinderte versorgt und gebildet werden mussten; Menschen, die als Mitarbeiterinnen und Mitarbeiter verantwortlich im Arbeitsverhältnis standen; Menschen, die als Mitglieder dem damals noch privaten Trägerverein des Heimes angehörten, besonders die Vorstandsmitglieder; ferner Eltern, Verwandte und Vormünder der Heimbewohner. Das war die eine Seite, auf der anderen standen nur Hilde und er.

Schalkowski wurde bei der Amtsübergabe vom Vorstand des Trägervereins verpflichtet, am Status der Einrichtung nichts zu verändern. Vor allen Dingen durfte er nichts unternehmen, was womöglich eine Erhöhung des Tagespflegesatzes zur Folge gehabt hätte. Und Vertretern der Presse sei der Besuch in Schlutup nicht zu gestatten. Er wusste es nicht anders und versprach, diese Forderungen zu erfüllen. In seinem notariell beglaubigten Dienstvertrag lautet § 1, Abschnitt 2:

„Herr Schalkowski verpflichtet sich, als treuer Hausvater nach bestem Wissen und Gewissen dem Heim und seinen Pfleglingen zu dienen, Schaden von ihnen abzuwenden und die Interessen der Anstalt gegen jedermann gerecht zu vertreten."

Später erkannte Schalkowski, dass es sich um gänzlich verschiedene Verpflichtungen handelte, die er nicht in Einklang bringen konnte. Als es beim Eindringen in das noch Unbekannte und nach Feststellung gravierender Mängel heller vor seinen Augen wurde, wusste er die Antwort auf die Prioritätenfrage, die auch Gewissensfrage war: die Loyalität dem Vorstand gegenüber oder die Schadensverhütung und Interessenvertretung für die Heimbewohner. Schalkowski war für die ihm anvertrauten Heimbewohner da.

Stellte man die Anzahl der Heimbewohner der Anzahl der Pflegekräfte gegenüber, so wurde deutlich, dass eine ausreichende Betreuung nicht möglich sein konnte, von einer optimalen ganz zu schweigen. 430 Heimbewohner waren auf 17 Stationen verteilt, für die es insgesamt 34 Pflegerinnen gab für einen Dienst rund um die Uhr. Es gab Schlafräume mit 16 Betten, in denen kein Schrank, kein Tisch, keine Kleiderablage vorhanden war. Bilder an den Wänden gab es nicht, ein Stuhl pro Bett, das war alles. Schalkowski bat den Vorstand um Ausbau der Wohnverhältnisse.

„Was, bauen wollen Sie auch noch? Aber nicht mit uns! Wir haben schon genug gebaut."

„Dann kommen Sie doch bitte einmal mit ins Burschenhaus, um sich die Zustände dort selbst anzuschauen!"

„Mein lieber Herr Schalkowski, Sie sind der erste Direktor, der ein solches Ansinnen an unser Kuratorium stellt. Wenn wir uns etwas ansehen wollen, werden wir selbst den Zeitpunkt und den Ort der Besichtigung bestimmen."

Schalkowski spürte Zorn in sich aufsteigen und versah die Herren Kuratoren im Stillen mit wenig schmeichelhaften Prädikaten.

Der neue Direktor fand 1971 Arbeitsverhältnisse vor, die in eine längst vergangene Zeit gehörten, jedenfalls nicht in seine, in der das Bundessozialhilfegesetz rechtsverbindlich angewandt werden musste und der behinderte Mensch Anerkennung und besonders auch Gleichberechtigung erwarten durfte. Die Mitarbeiterinnen und Mitarbeiter waren nach dem Prinzip des Dienens in christlichem Gehorsam mit langen Arbeitszeiten, knappem Lohn und kurz bemessenem Urlaub eingesetzt. Dieser unter dem Aspekt der Nächstenliebe erfolgte Einsatz konnte dem gesetzlich verankerten Auftrag zur Bildung und Förderung geistig und mehrfach behinderter Menschen nicht gerecht werden. Es war auch kein Wunder, dass das Lübecker Arbeitsamt keine ausgebildeten Kräfte vermittelte; Schalkowskis Vorgänger konnte nicht die erforderlichen Angaben über Tarife, Löhne, Arbeits- und Urlaubszeiten machen. Schalkowski strukturierte um.

An seinem ersten Arbeitstag in Lübeck-Schlutup entdeckte Schalkowski in der Schreibtischschublade in seinem Büro mehrere Schreiben der Lübecker Berufsfeuerwehr, Mahnbriefe und letzte Aufforderungen, die angemahnten Maßnahmen für den Feuerschutz endlich durchzuführen. Offensichtlich hatte der 76-jährige Amtsvorgänger, dessen Schwerpunkt die heimeigene Landwirtschaft gewesen war, seinem Nachfolger die Erledigung aller erforderlichen Maßnahmen überlassen wollen. Und nicht nur das: Wichtige technische Anlagen und Einrichtungen wiesen erhebliche Mängel auf und konnten ihren Zweck, die behinderten Menschen in ihren täglichen Bedürfnissen zu unterstützen, kaum noch erfüllen, zum Beispiel die sanitären Anlagen, die Wasseraufbereitungsanlage für das Brunnenwasser und die gesamte Kanalisation.

Hilfestellung leistete tatkräftig und mental Ehefrau Hilde; aber auch die leitenden Angestellten wurden zu Verbündeten bei der Inangriffnahme der Reformarbeit. Die Macht der Ereignisse und Argumente ließen sie die neuen Vorstellungen nach und nach durchsetzen.

Schalkowskis oberstes Ziel war es, die Einrichtung Heim Schlutup in das Bewusstsein der Einwohner Lübecks und der benachbarten Landkreise zu rücken. Er ließ ganz einfach die Tore und Türen des Heimes von innen nach außen und von außen nach innen öffnen. Schließlich sind sie hier im Stadtteil „schlut up"! Das Heim und seine Bewohner schienen jetzt aus ihrem Dornröschenschlaf zu erwachen; die Dornenhecke der Isolation, der Dumpf- und Stumpfheit wurde aufgerissen. Ein bisher ungekannter Lebensstrom durchfloss die Räume und Menschen, so dass sie innerlich freier und froher wurden. – Wir sind nicht mehr allein gelassen. Wir gehören dazu. Es gibt draußen eine Welt, die wir sehen möchten. – Der Besucherstrom riss nicht ab: Gruppen aus Kirchengemeinden, Jugendorganisationen, Schulklassen, interessierte Privatleute und Politiker. Die Heimbewohner wurden ernsthaft angenommen, es entstanden Kontakte, Geld- und Sachspenden flossen und verbesserten die Lebensqualität.

Rad fahren und Schwimmen lernen mit abschließenden Prüfungen stärkten das Selbstbewusstsein der behinderten Menschen und lösten Verkrampfungen. Sie gingen in die Schule, die inzwischen die staatliche Anerkennung als private Heimsonderschule G erreicht hatte, oder stolz zur Arbeit in der Landwirtschaft oder den Handwerksbetrieben auf dem Gelände. Es gab Taschengeld und Lohn. – Tagesausflüge und Urlaubsreisen bis nach Süddeutschland, Freizeitaktivitäten und die Begegnung der Geschlechter im neuen Freizeitzentrum mit Cafeteria wurden zur Normalität.

Während Schalkowskis Amtszeit stieg die Anzahl der Beschäftigten von ursprünglich 84 auf 280 Personen an, der Tagespflegesatz für die Heimbewohner erhöhte sich von 10 auf 90 DM. Eine zufriedene und finanziell abgesicherte Mitarbeiterschaft und ein angenehmes Arbeitsklima verhalfen der Behindertenarbeit zu bescheidenen, aber langsam ansteigenden Erfolgen.

Schalkowski hatte einen Neuanfang gewagt, er konnte einige wichtige Ziele erreichen und war zufrieden und satt. Diabetes und Hypertonie verwies er mit Hilfe des befreundeten Internisten Dr. Kreisel und wirkungsvoller Medikamente in ihre Schranken. Auf eingezuckerte Erdbeeren mit Schlagsahne im Sommer, auf Grünkohl mit reichlich Wurst und Schweinebacke im Winter wollte er auf gar keinen Fall verzichten, Marzipan und Nusstorte von Niederegger waren an keine Jahreszeiten gebunden.

Anlässlich seiner offiziellen Verabschiedung aus dem Direktorenamt im Sommer 1981 dankte Schalkowski seinen Mitstreitern und betonte abschließend:

„Den Heimbewohnern gebührt ein besonderer Dank und viel Anerkennung. Sie haben mir mit ihrer Freundlichkeit und Liebe sehr oft seelische Kraft und Zuversicht verliehen und Hilde und mir über manche Stunde der Niedergeschlagenheit und des Verdrusses hinweggeholfen."

Schalkowski zog mit seiner Hilde in eine Altbauwohnung in der Petersgrube in der Lübecker Altstadt. Maurer, Klempner, Zimmermann, Elektriker und Maler, die heimeigenen Handwerker aus Schlutup, hatten ihrem Chef einen letzten Dienst erwiesen und die Wohnung in dem Haus mit ehrwürdigem Treppengiebel renoviert und technisch auf den neuesten Stand gebracht.

Wenn Hilde und Günther ihre Einkäufe tätigten, erinnerte sie ihr Viertel an die Danziger Gassen, war ihr Blick zurück gerichtet in längst vergangene Zeit. Wenn sie allerdings die Enkelkinder zu Gast hatten oder diese besuchten, lebten sie vollständig im Jetzt, dachten auch an Zukünftiges.

Sie unternahmen Reisen, vorzugsweise nach Südtirol, wo Schalkowski die Landschaft, angenehmes Wetter, Speisen und Getränke sowie die gute Verständigung in deutscher Sprache überaus genoss. Und die kilometerweite Fernsicht im platten Eiderstedter Marschland hinter den Nordseedeichen war gewünschter Gegensatz und Nostalgie. Einmal reisten die Ruheständler noch nach Polen und besuchten die Heimat ihrer Kindheit und Jugend. Ihr Sohn Heinz Günther chauffierte und spielte den Reiseleiter. Die Fahrt durch die DDR auf vorgeschriebener Transitstrecke empfanden sie als äußerst bedrückend. Nach der Vereinigung der beiden deutschen Staaten war die Ostseeküste Mecklenburg-Vorpommerns ein interessantes Ziel. Und mit Sohn und jüngster Enkeltochter wandelten die Senioren auf den Spuren Goethes und Schillers in Weimar und erkundeten auch den Thüringer Wald.

Das Ostseebad Niendorf ist nicht weit von Lübeck entfernt, so dass die alten Freundschaften nach wie vor gepflegt werden konnten. Familienfeste wurden fröhlich gefeiert; Schalkowskis 70. und 80. Geburtstag ragten besonders heraus.

Schalkowski kümmerte sich um Hilde, deren Demenz sich mit den Jahren so weit entwickelte, dass er für die nötige Arbeit und Verantwortung nicht mehr genügend Kraft aufbrachte. Nach Absprache mit seinem Sohn übergab Günther seine Hilde der Obhut eines Pflegeheimes von gutem Ruf, wo man freundlich für sie sorgte. Er besuchte sie beinahe jeden Tag und beschwor die Vergangenheit, sang Lieder, die beide gemocht hatten. Irgendwann jedoch umhüllte sie ein weicher, warmer Mantel, atmungsaktiv, aber nicht lichtdurchlässig. Schalkowski war traurig.

Zwischenspiel #9

„Bis hierher, jetzt ist alles vollendet", meint Verdandi.
„Gunthár soll vom Leben ausruhen, er hat genug gelebt", pflichtet Skuld ihr bei.
„Wer sind wir denn, nach über 80 Jahren noch immer lenken zu wollen; wir überfordern ihn und uns. Wir entstammen der Zeit, als Helden unserer bedurften, die niemals Gunthárs Alter erreichten, denen wir in ihrer kurzen Lebensspanne wenig Möglichkeiten einräumen durften, sich zu entwickeln. Das ist nun anders. Er sollte unserem Wunsch entsprechend kein Held sein. Und jetzt sehe ich es klar: Gunthár ist eine verbindende Brücke, eine Drehbrücke ... – Lasst Mimir unten in seinem Winkel weiter weissagen wie seit altersher und Nidhögg nagen, wir dagegen sollten das herrliche Schloss des Schicksals neu verputzen und einen prächtigen Park anlegen zu unserer und des Menschen Freude!"

Urd schweigt erschöpft. Sie ist die älteste der drei Nornen, sehr erfahren und stets der Vergangenheit verpflichtet. Nun aber greift sie in Gegenwart und Zukunft ein. Ihr Wort wiegt schwer, und die anderen nicken.

„Wir wissen auch nicht mehr alles."

Nichts ist mehr so, wie es war. Der sprudelnde Quell wird zum Rinnsal, ein Mensch abgenabelt.

10. KAPITEL
DER ÜBERGANG ZUM PARADIES

Der Greis taumelt. Er sieht gewaltige Bilder vor sich, träumt: ungebändigte Natur, Urnatur. Er vernimmt Fischgesänge und Möwengelächter, nordische Sirenen, die ihn locken – vor allem die dritte Dimension. Da ist noch ein Ziel, das er in seinem Leben erreichen möchte; tief im Unterbewusstsein war dieser Reisewunsch schon immer vorhanden. Nun ist es hohe Zeit, und er packt zwei kleine Koffer. Ein großer ist ihm zu schwer. Dr. Kreisel hat ihn gründlich untersucht, gut gemeinte Ermahnungen und einen Leinenbeutel voll mit Medikamenten mit auf den Weg gegeben.

Es passt gut, Heinz Günther fährt mit seiner Familie für 14 Tage in ein Ferienhaus am Limfjord in Dänemark und bringt seinen Vater ins etwas weiter nördlich gelegene Hanstholm an der Nordwestspitze Jütlands. Am Hafen besteigt Schalkowski nach einigen Formalitäten das Fährschiff NORRÖNA und richtet sich in der gemütlichen Außenkabine ein. Er nimmt das Buch „Reise zum Mittelpunkt der Erde" von Jules Verne zur Hand, verlässt die Kabine und geht auf Erkundungstour. Die Fähre gleitet inzwischen aus dem Hafen, die See ist glatt, und am Nachmittag sind alle Wolken verschwunden. Nordisch kühl ist es; aber in der Sonne lässt es sich draußen in Lee gut aushalten. Auf dem Sonnendeck probiert Schalkowski frisch gezapftes Bier von den Färöer-Inseln: Föroya Bjór mit dem Widderkopf als Symbol. Als es merklich kälter wird, wechselt er in den Salon und nimmt an einem der kleinen Tische am großen Fenster Platz. Der Ausblick aufs Meer ist überwältigend, eine Seekrankheit nicht zu befürchten.

Schalkowski liest Jules Verne. Mit Spannung folgt er den Spuren des Professors Lindenbrock und seines Neffen Axel, die durch den Krater des isländischen Vulkans Snaefellsjökull zu ihrer abenteuerlichen Reise in die Unterwelt aufbrechen. – Als das Hungergefühl stärker und hörbar wird, erhebt er sich, noch ein

wenig benommen von der Lektüre, die alten Knochen noch ein wenig ungelenk. Beinahe wäre er beim Ausgang neben der breiten Glastür gestolpert und gegen ein Regal gestoßen, wo Bücher eng Seite an Seite stehen, eins liegt quer davor: Halldór Laxness' Roman „Weltlicht". Dieser Titel weckt sofort sein Interesse, der große isländische Dichter ist ihm bekannt, eines seiner frühen Werke steht im Bücherschrank in Lübeck.
„Weltlicht"!
Er nimmt das Buch mit.

Nachdem Schalkowski in einem Selbstbedienungsrestaurant auf Deck 5 für sein leibliches Wohl gesorgt hat, zieht er sich in seine Kabine zurück und legt sich mit dem Laxness aufs Bett. Er stockt. Was für ein Zufall! Auch hier ist der Vulkan Snaefellsjökull mit seiner ewigen Schnee- und Eishaube eindringlich beschrieben:

„Wo der Gletscher aufragt, hört das Land auf, irdisch zu sein, und die Erde hat Anteil am Himmel, dort wohnen keine Sorgen mehr."

Mehrmals liest er diesen Satz, bis er tief in ihm sitzt. Keine Sorgen! Der Übergang zum Paradies! Nun steht es fest, Schalkowski muss zum Snaefellsjökull. Bevor ihm die Augen zufallen, blättert er zurück, um einen Blick auf das Impressum zu werfen: Erscheinungsjahr der deutschen Übersetzung: 2000. – Wie bitte? – Heute ist der 25. Juli 1998. Halldór Laxness' Roman „Weltlicht" gibt es noch gar nicht auf dem deutschen Büchermarkt.

Schalkowski ist oft wach in dieser Nacht. Bilder erhellen seinen Kopf. Er steht auf, macht sich fertig für den Salon, wo es am Frühstücksbuffet um diese Zeit noch sehr ruhig zugehen wird. Das Laxnessbuch will er dann wieder zurücklegen. Doch wo ist es? Im Bett oder auf dem Tischchen daneben liegt es nicht. Vielleicht ist es unter oder neben die Koje gerutscht. Eine oberflächliche Suche führt zu keinem positiven Ergebnis. – Das Frühstück fällt reichlich aus.

Nach 30-stündiger Fahrt nähert sich MS NORRÖNA nachmittags dem Archipel der Färöer-Inseln. Der Himmel ist stark bewölkt, die Temperatur auf 12 °C abgesunken. Die nahen dunklen Färöer liegen unter einer dichten Wolkendecke, die fast bis zum Wasser reicht; nur das felsige Fundament, gegen das die Brandung schäumt, ist auszumachen. Ein starker Wind pustet jetzt über die Backbordseite, Schalkowski wechselt nach Steuerbord. Er möchte die Einfahrt nach Tórshavn miterleben. Eine schwarze Wolke schießt in schneller Folge Blitze ab, ein Begrüßungsfeuerwerk für die Kommenden, Donnerschläge folgen. Die Anreisenden sollen erkennen, wo sie sich befinden. Zwei Drittel der Passage nach Island sind geschafft, Thors Hafen bedeutet Zwischenstopp, einige wenige Passagiere verlassen das Schiff, andere steigen hier zu. Da die Abfertigung der Kraftfahrzeuge einige Zeit in Anspruch nimmt, haben interessierte Gäste zwei Stunden Zeit, auf Landgang zu gehen, mit einer geführten Gruppe oder individuell.

Schalkowski ist allein unterwegs. Auf einem Hügel über dem Hafen thront die alte Festung Skansin mit ihrem weiß-roten Leuchtturm. Einst als Bollwerk gegen Piraten erbaut, diente sie im 2. Weltkrieg den Engländern als Hauptquartier zur Verteidigung der Inseln vor einem möglichen deutschen Angriff. Ein kühler, feuchter Wind streicht um ihre alten Mauern. Er schlägt den Kragen hoch und schaut sich die alten Holzhäuser mit ihren typischen Grasdächern auf der kleinen Halbinsel Tinganes an, an dessen äußerster Spitze sich die alte Thingstätte der Wikinger befand, wo man sich um das Jahr 1000 nach heftigen Diskussionen entschied, das Christentum anzunehmen. – Der Spaziergänger kehrt zurück auf sein Schiff, erfreut sich der Wärme, während die NORRÖNA auf Nebel- und Nachtfahrt gen Island geht.

Das traditionsreiche Hotel Borg in Reykjaviks Stadtmitte gegenüber dem Parlamentsgebäude weiß mit seinem Art-Déco-Stil zu beeindrucken. Schalkowski ist hoch erfreut und dem kleinen Reisebüro in der Lübecker Mengstraße sehr dankbar, dies für ihn gebucht zu haben. Und seine Sorge, auf Island nichts Schmackhaftes zum Essen vorgesetzt zu bekommen, erweist sich als völlig unbegründet.

Im weitläufigen Saal der Touristen-Information sucht Schalkowski nach Angeboten für Ausflüge ins Land. Prospektmaterial ist in großer Menge vorhanden, auch in deutscher Sprache, doch sein besonderes Ziel ist nicht dabei. Er wendet sich zum großen Tresen und spricht eine junge Frau an, die dahinter sitzt und ihn freundlich aus großen blauen Augen anschaut. Sein englischer Wortschatz ist wenig umfangreich, die Frau lächelt und spricht fließend Deutsch mit ihm. Sie wird seinen Wunsch erfüllen. Die schneeweiße Hallgrimskirche strahlt vor dem Blau des Himmels. Ein wunderbarer kühler nordischer Morgen! Vor dem Haupteingang steht das Standbild von Leifur Eriksson, dem Entdecker der Neuen Welt rund 500 Jahre vor Kolumbus. Der Nordmann schaut nach Nordnordwest übers Meer, sieht Land am Horizont, eine flimmernde blaue Linie, und nur als Punkt den Vulkan, 100 km entfernt. Auf dem Platz vor dem Gotteshaus ist der Treffpunkt der Ausflügler und die Abfahrt des Busses zur Halbinsel Snaefellsnes. Ein buntes Völkchen hat sich an diesem Standort versammelt, Funktionskleidung in allen Farben, derbes Schuhwerk mit grobem Profil. Schalkowski dagegen sieht normal aus, so, als wäre er zu Hause auf einem seiner regelmäßigen Spaziergänge um den Lübecker Dom. Der Bus ist hochbeinig, verbeult und rostig. Die dreckverkrusteten Radkästen erlauben einen Blick auf die groß dimensionierten Federbeine, geländetauglich. Der junge Fahrer hat sein gewelltes Blondhaar mit einem roten Tuch gebändigt, strahlt seine Gäste gewinnend an und begrüßt sie auf englisch. Er heißt Pétur. Und nun geht es auch schon aus der Stadt hinaus. Auf der Nr. 1 nagelt der betagte Diesel direkt nach Norden, umfährt den malerischen Hvalfjord, um bei Bogarnes die Hauptstraße zu verlassen und Snaefellsnes im äußersten Westen Islands anzusteuern. Über sein brummendes Mikrophon gibt Pétur Erläuterungen zu Interessantem links und rechts der staubigen Piste. Am Fuße des 1446 m hohen Kegelvulkans Snaefellsjökull stoppt der Bus, Pause, alle steigen aus. Genauso formschön wie geheimnisvoll ragt er über Lavalandschaft und Meer empor. An besonderen Stunden wirkt er aus der Ferne betrachtet unwirklich, mystisch, wenn sein Gipfel mit weißer

Mütze klar sichtbar über den tiefen Wolken, die das Land verschleiern, zu schweben scheint. Er schläft. Während der Weichseleiszeit war er zum letzten Male aktiv.

Eine Flotte von kleinen allradbetriebenen Geländefahrzeugen steht bereit, die Gäste, die nicht zu Fuß unterwegs sein wollen, Richtung Gipfel zu befördern. Direkt an den Kraterrand geht es nicht; der holprige Gebirgsweg endet weit unterhalb des Gipfels. Schalkowski steigt ein; er spürt den Sog.

Der kleine graugrüne Jeep kommt nicht mehr weiter, der steinige Weg verliert sich in Geröll und schmutzigem Schnee. Der Fahrer dreht mühsam sein Gefährt und will seinen Gast nach ausreichender Pause wieder talwärts bringen; doch der Gast lehnt ab. Er versucht sich mit aller Kraft verständlich zu machen, verdeutlicht mit Gestik und Mimik seine Absicht, hier oben zu verbleiben, auch über Nacht.

„Bitte keine Diskussion!", energisch auf Englisch hervorzubringen, gelingt. Der Isländer ist ratlos. Er darf den alten Mann doch nicht seinem Schicksal überlassen in dieser unwirtlichen Natur und der aufkommenden Kälte; trocken wird es bleiben. Andererseits, was soll er machen? Gewalt wird er nicht anwenden. Der Mann kommt ihm auch nicht irre vor, eben anders, etwas unüblich für Touristen. Auf Island dagegen leben viele sonderbare Gestalten, das ist Alltag. Schulterzuckend und mit ungutem Gefühl verlässt er seinen Gast, ruckelt bergab und bespricht sich ausführlich mit Pétur, der die Ausflügler nach und nach in seinem Bus zur Rückfahrt nach Reykjavik versammelt.

Schalkowski schaut sich um, die Aussicht über Halbinsel und Küste ist grandios. Weit unter sich sieht er markante, die Phantasie anregende Lavaformationen am steinigen Strand. Tief atmet er reine Luft und pochende Stille ein, die zeitweise unterbrochen wird vom Rauschen des Windes um festen Fels und Geröll. Bäume und raschelnde Blätter gibt es hier nicht. Er friert nicht, er schwitzt nicht, fühlt keinen Schmerz in den knackenden Gelenken. Die nördliche Sonne steht hoch über ihm, erinnert an Mittag. Er verspürt keinen Hunger. Die Gebäckteilchen, die er sich beim Frühstück beiseitelegte und in Servietten einwickelte und in seiner Jackentasche verstaute, sind am Mann; aber er hat sie vergessen. So gut es irgend geht, bahnt er sich einen Weg über Jahrtausende altes Lava- und noch älteres Tuffgestein. Der Kratergipfel über ihm ist weit und steil, den wird er nicht erreichen können. Der Eingang in eine andere Welt vom Krater aus wird weniger anziehend, der Expedition unter Führung des Professors Lindenbrock wird er nicht folgen. Sein Ziel ist ein anderes. Der alte Mann kann an einer Stelle mit aufrechtem Gang nicht mehr weiter steigen. Er fällt auf die Knie und überwindet einen scharfkantigen schwarzen Felsen auf allen Vieren. So wird einem möglichen Sturz vorgebeugt, ein Abrutschen gemildert. Er bewegt sich in exponierter Lage, hier ist es zwar steinig, aber trocken. Im Schatten dagegen liegt Schnee. Ein putziger Papageientaucher sitzt auf einer nahen Felsnadel und beobachtet interessiert das ihm fremde Wesen. Als der Alte hinter einem Steinhaufen, der niemals eine ordnende Hand spürte, langsam verschwindet, streicht der Vogel ab ins Weite, vom Meer und seinen Fischen träumend.

Hinter der Geröllhalde gut sichtbar klafft eine Lücke im Bergmassiv, ein schmales, schwarzes Loch, vielleicht der Neugier weckende Eingang zu einer Höhle.

Schalkowski zwängt sich durch den Spalt. Wohlige Wärme umfängt ihn, nicht Licht noch Laut. Mit vorsichtig gesetzten Schritten tastet er sich voran, orientiert sich an rauen handwarmen Felswänden. – Ist dort hinten ein Licht? Oder haben sich seine Augen an die Dunkelheit gewöhnt und können sie nun durchdringen?

Er findet sich in einer großen Halle wieder, hoch über ihm vermutet er eine steinerne Decke. Von irgendwoher fallen Lichtstrahlen ein, in denen kleine Staubkörnchen tanzen. Er kennt einige Höhlen, Tropfsteinhöhlen sind die interessantesten, weil sie noch leben. Doch diese hier im Vulkan erscheint tot, kein Wässerchen plätschert, kein Tropfen fällt. Das Schmelzwasser vom Gipfel dringt hier nicht ein. Vorsichtig geht er voran, langsam weiter und weiter, einem Lichtstrahl folgend. Der Mensch muss Flüssigkeit zu sich nehmen, ein alter erst recht; zwei bis drei Liter am Tag hat Dr. Kreisel empfohlen. Er hat keinen Durst. Die kleine Plastikflasche mit Mineralwasser steckt ungeöffnet in der linken Jackentasche. Aus der Halle führt ein schmaler Gang ins absolut Dunkle, sechseckige glatte Basaltsäulen weisen den Weg. Dann ist alles schwarz. Er fühlt sich am Gestein entlang, hört sich konzentriert um, vernimmt nur die eigenen mit Bedacht geführten Schritte. Der Boden scheint einigermaßen eben. Er legt seine Jacke ab, die braucht er nicht mehr. – Alles geht seinen Gang. Es gibt nur den einen Weg. Er geht ihn. Die Zeit verliert an Bedeutung. Warum ist sie eigentlich immer so wichtig gewesen? Schalkowski weiß es nicht mehr. Wie lange ist er hier schon unterwegs, Minuten, Stunden, Tage? Zeitlos schlurft er dahin. Seine Sinne haben ihn jedenfalls nicht verlassen: Er sieht weit vor sich ein kleines Licht, das sich langsam vergrößert, je näher er ihm kommt. Nun hat er die Dunkelheit überwunden, die gleißende Helligkeit schmerzt, seine Pupillen sind überfordert. Vor ihm öffnet sich der Berg, ein Tor, gebildet aus endlos hohen schwarzen Steinsäulen, die glänzen, als seien sie mit Klavierlack überzogen. Er kneift die Augen zusammen. Ein Schwindel zwingt ihn zu Boden, und er streckt sich aus.

Die Distanzen sind unfassbar. Weit schwingen sie aus und hoch in die Luft, Erden überschauend. Ihrem Herrn sind sie verpflichtet, Bericht zu erstatten, was sich tut hier und da. Nun lassen sie sich in die Tiefe fallen, durchstoßen die Aufwinde über der warmen Erde Midgards, gelangen an die Grenze, und ihre Augen notieren das Bild eines liegenden Mannes.

„Einen Menschen habe ich dort noch nie gesehen. Mir scheint, von ihm geht keine Gefahr aus."

„Trotzdem muss Meldung erfolgen."

Hugin und Munin kreisen über dem Platz und gleiten dann in die helfenden Hände der Winde.

Allvaters Dasein knickt ein, seine alles bewirkende Kraft schwindet. Er nimmt sich zusammen, richtet sich einatmend wieder auf zu mächtiger Größe. Die Raben nehmen auf seinen Schultern Platz, den Schnabel zum Ohr.

„Bringt den Menschen in Sicherheit! Nach Asgard darf er nicht. Fragt mal bei den viel wissenden Frauen nach! Dann werden wir weitersehen."

Gunthár erwacht, reibt sich die Augen, die Helligkeit ist gedämpft, Balsam für die gereizten Sehnerven, und er schaut sich um. Ein weißes Zimmer mit hoher Decke, Wände und Teile des Bodens im festen Griff von trockenem Wurzelgeflecht. Er erhebt sich, geht zu einer Fensteröffnung, die einen weiten Blick ins Freie erlaubt. Drei Frauen sitzen auf einer niedrigen Mauer, die zum Haus hin ein Gewässer begrenzt, in das ein schmaler Bach mündet. Sie sind ins Gespräch vertieft, ihre weißen Hände unterstreichen stark Gesagtes. Er tritt zu ihnen.

„Ich wusste, dass du uns irgendwann besuchst. Sei uns willkommen, Gunthár!"

„Es war ein steiniger Weg, du hast ihn bezwungen."

„Ich lese dir jetzt zu deiner Orientierung einige Verse aus unseren uralten Schriften vor. Höre gut zu! So sagte es einst eine Seherin:

Eine Esche weiß ich, heißt Yggdrasil,
Den hohen Baum netzt weißer Nebel;
Davon kommt der Tau, der in die Täler fällt.
Immergrün steht er über Urds Brunnen.
Davon kommen Frauen, vielwissende,
Drei aus dem See dort unterm Wipfel.
Urd heißt die eine, die andre Verdandi:
Sie schnitten Stäbe; Skuld hieß die dritte.
Sie legten Lose, das Leben bestimmen sie
Den Geschlechtern der Menschen, das Schicksal verkündend."

Als Urd die vergilbten Papiere raschelnd zur Seite legt, erkennt Gunthár auf dem Deckblatt den Titel der Papiere: *Edda*.

„Stäbe aus Buchenholz schnitzen wir nicht, auch Lose legen wir längst nicht mehr. Es bricht ein neues Alter an; wir werden vergehen."

„Das werden wir; aber Menschengenerationen werden bis dahin noch sein; einen Wandel spüre auch ich wohl."

„Der Wandel ist da: Die Schuld der Menschen zog nicht Vergebung und Sühne nach sich, sondern neue Schuld, Auge um

Auge. So war es eine lange Zeit, und es war düster und fatal. Alles war festgelegt, gutes und böses Tun, Krieg und Frieden. Wie leicht können wir dann das Schicksal voraussagen, das Schicksal des Menschen, das die Götter oben in Asgard oder wir drei hier unten bestimmten, nachdem wir die Buchenstäbe geworfen hatten. Der Dimensionen sind heute mehr, unsere Eingriffe rar, exemplarisch vielleicht; denn der Mensch lernt allmählich, Verantwortung zu übernehmen, für sich und andere, mühsam zwar, aber wir werden langsam überflüssig. Unsere Konzentration sei jetzt darauf gerichtet, den Wandel zum Guten zu beeinflussen, also des Menschen Unmündigkeit weiterhin überwinden zu helfen."

„Ich danke dir, Skuld, für diese wichtigen Worte zur Aufklärung. War nicht auch unser Gast Gunthár einer, der Verantwortung lernte und lebenslang ausübte?"

„Dass er überhaupt hier bei uns ist, zeigt aber auch, wie brüchig unsere Welt geworden ist. Wer hat ihn geführt? – Ich fürchte ein Chaos, in dem es zu den entscheidenden Kämpfen kommen wird – erst zwischen Lichtelben und Schwarzalben, am Ende zwischen Asen und Riesen. In unserer Nachbarschaft nagt der Drache Nidhögg am Fundament der Welt. Der Fenriswolf fletscht die Zähne und zerrt an der Kette. Und Allvater ist schwach geworden", gibt Verdandi zu bedenken.

„Solange Menschen noch an uns glauben, wird es uns auch geben."

Urd beendet die Unterhaltung, ein Hoffnungsschimmer streift ihre Gesichter. Gunthár versteht die Nornen. Sein Geist ist da, doch mischt er sich nicht ein in das Gespräch. Was hätte er auch sagen sollen?

Die drei Frauen gehen an die Arbeit. Mit blitzenden Eimern schöpfen sie Schlamm und Wasser aus ihrem See und tragen die vollgefüllten Gefäße hinter das Gebäude. In hohem Bogen fliegt der Inhalt dann durch die Luft und klatscht auf den trockenen Boden aus Erde und Wurzelwerk, neue Nahrung für die Weltesche Yggdrasil. Ohne zu ermüden, arbeiten die Frauen, seit Ewigkeiten.

Ein Rauschen wird deutlich, erst schwach, dann schwillt es an zum Getöse. Gunthár spürt einen heftigen Wind, sieht etwas Großes in Bodennähe vorüberfliegen. Wellen bilden sich auf Urds Brunnen. Dann herrscht wieder Ruhe.

„Das ist Allvater. Er ist auf dem Weg zu Mimir, um Rat einzuholen und aus seinem Brunnen der Weisheit zu trinken. Dafür hat er einst zahlen müssen, ein Auge gab er Mimir als Pfand. Nun besucht er den Riesen regelmäßig, es ist nicht weit von hier. Auf dem Rückweg schaut er gern bei uns vorbei, sein Pferd Sleipnir liebt das Wasser aus meinem Brunnen", erzählt Urd.

Allvater sieht auf Gunthár, einäugig, und nickt; er kennt ihn ja. Er führt Sleipnir zur Tränke. Gunthár folgt ihm und betrachtet das große Pferd, lang ist es mit seinen acht Beinen. Doch Gunthár ist nicht überrascht oder gar schockiert, er weiß nichts von seinem Leben vorher, auf Erinnerung oder Erfahrung kann er im Moment nicht zurückgreifen. Allvater betont noch einmal, dass er Fremde in Asgard nicht dulden könne. Ihn zu den Elben mitzunehmen, darauf könne er sich einlassen, die seien gastfreundlich und könnten einen wie Gunthár gebrauchen. Sleipnir hat seinen Durst gelöscht, sie steigen auf, und ein rasanter Ritt in eine andere Welt beginnt. Drei Schicksalsgöttinnen schauen ihnen immer noch nach, obwohl es schon lange nichts mehr zu hören oder zu sehen gibt.

Hitze herrscht in der dunklen Halle tief unten im Fels weit unter Yggdrasils Wurzeln. Schmiedefeuer prasseln und verleihen dem riesigen Raum ein unstetes Licht. Die Glasbläser arbeiten an eigenen Essen. Die Schmiede schaffen Schwerter, Streitäxte, Schilde und glänzende Rüstungen für die Schlacht, an anderer Stelle Hämmer und Meißel für den Bergbau. Rhythmische Hammerschläge hallen durch den Raum. Schweißperlen rinnen über rußige Gesichter und münden in langen Bärten. Die Schwarzalben sind in die Arbeit vertieft.

Von der Produktionshalle führt ein schmaler steiniger Gang in einen Nebenraum, der mit grob gezimmerten Holzmöbeln und Belegen aus Fellen wohl ausgestattet ist. Ein offenes Feuer sorgt für Wärme und Helligkeit. Der Rauch entweicht irgendwo in der hohen Decke. Fünf Schwarzalben sitzen sich gegenüber und beraten lautstark:

„Zur Freude haben wir Zwerge allen Grund: Die Waffenschmiede liefert verlässlich. Wir selbst haben genug. Lokis Bestellung ist in Arbeit. Unsere Waffen sind gefragt. Auch Thor war einst äußerst zufrieden mit uns, sein Hammer ist unverwüstlich. Denkt auch an Allvaters Speer! Und unsere Schatzkammer quillt über."

„Der bedeutendste Schatz allerdings ist unser Gefangener, ein hartes Druckmittel. Damit haben wir sie in der Hand."

„Ja, nun können sie gar nicht anders, sie müssen auf unsere Forderungen eingehen, zumal die Geisel einer ihrer Führer ist."

„Um welche Forderungen geht es?"

„Das Licht können wir ihnen nicht wegnehmen, noch nicht, später vielleicht; aber ihre Nähe zu den Menschen bereitet uns Übelkeit. Wir Zwerge wollen den Marsch der Menschen umleiten mit mächtigen Verbündeten. Nornen und Elben beschreiten unnütze Wege des Wandels, denen wir gar nicht zu folgen vermögen. Wir Zwerge bevorzugen die Gegenrichtung, lieben das Dunkle, harte Arbeit und Kampf, deshalb befehlen wir allen Elben: Hände weg von den Menschen! – Wird unser Wille nicht ausgeführt, greifen unsere Hände nach dem Gefangenen", gibt Gorim deutlich zur Antwort und lässt seinen grauen Bart durch die Finger gleiten.

„Wollt ihr den Gefangenen sehen?"

Schrille und glucksende Töne signalisieren Zustimmung.

„Dann kommt mit!"

Gemeinsam verlassen die Schwarzalben ihre Höhle. Sie spüren seine Präsenz, als sie später den Kerker betreten. Ein Strahlen trifft sie, dem sie sich entgegenstemmen.

„Das ist er, guckt ihn euch an!"

Aufrecht steht er vor ihnen, betrachtet sie schweigend. Eine schwere Kette verhindert weitreichende Bewegung. In eigener Schmiede wurde sie geschaffen. Die Ketten der Schwarzalben halten. Selbst Fenris bricht sie nicht. ... Die Haut des Elben ist hell, ebenso sein Gewand, ebenmäßig und offen seine Züge, bartlos. Lange Haare geben dem Gesicht einen goldenen Rahmen. Feingliedrig und schlank überragt er die gedrungenen, muskulösen Körper der fünf Schwarzalben.

„Wie geht es dir?"

Er versteht sie wohl, aber schweigt. Die gemeinsame Sprache aller Alben und Elben ist Sindarin mit einigen regionalen Färbungen.

„Du wirst lange Zeit unser Gast bleiben, vielleicht für immer. Gewöhne dich an die Kette! Es liegt an dir und deinem Volk, ob du jemals in deine Welt zurückkehren kannst."

Der Elb steht weiter starr, sein Mund bleibt verschlossen, die Augen auf seine Widersacher gerichtet.

„Du wirst reden, schon bald."

Gorim ist gereizt und verlässt mit den anderen das Verließ. Er nimmt einen Bogen vom Stapel des frisch geschöpften hellbraunen Papiers, ein schmales Stück Kohle und malt einen Text. Solcherart Arbeit mag ein Schwarzalb nicht. Doch Gorim weiß um die Wichtigkeit. Er bestimmt zwei zuverlässige Boten, Bradni und Hargin, und weist sie an, sich mit der bedeutungsschweren Depesche auf den fast endlosen Weg vom unterirdischen Svartalfheim nach oben ins helle Ljosselfheim zu begeben.

Das Land birgt Geheimnisse und Rätsel. In keinem Kartenwerk ist es verzeichnet. Wenige nur kennen den Weg dorthin. – Wälder, kleine Haine und üppige Blumenwiesen prägen die hügelige Landschaft; einzelne Baumriesen hohen Alters halten die Wacht. Eine Gebirgskette im äußersten Nordosten schützt vor den eisigen Stürmen aus Niflheim. Quellen sprudeln und schenken den flinken Bächen Nahrung und den bunten Forellen die Heimat. Ein See blinkt auf im Tal zwischen den Hügeln. Vom Fels stürzt am entfernten Ufer ein tosender Wasserfall hernieder und gräbt sich eine Rinne zum See. Tausende Wassertröpfchen stäuben in die klare Luft; im Sonnenschein verbindet ein Regenbogen die gegenüberliegenden Ufer. Aus den Bäumen erfüllt Vogelgezwitscher und mehrstimmiger Gesang Luft und Land, das eingetaucht ist in helles Licht, das nicht blendet und alle Farben unterstreicht. Am Himmel kreist ein Adler und beobachtet scharf die Welt unter ihm.

Am sich windenden Fluss stehen Häuser, hölzern die Wände, Dächer mit blaugrauem Schiefer gedeckt oder mit Gras bewachsen. Schnitzereien und Bilder dienen dem Schmuck. Zäune gibt es nicht, auch keine Gartenbeete, die nach strengen geometrischen Mustern angelegt sind. Hoch oben in der Krone der alten Eiche am See verbirgt sich ein weiteres Bauwerk, der mehrstöckige herrschaftliche Sitz des Häuptlings mit weiter Sicht über das Land. Ein Freisitz unter dem Blätterdach mit direktem Zugang zum Haus ermöglicht ein naturnahes Leben im Freien.

Auf einer Obstwiese zwischen Apfelbäumen mit rotbackiger Frucht sitzen Olidir und Erlkorn auf gut gestopften Kissen im hohen Gras. Zwischen ihnen macht es sich Gunthár bequem. Olidir hatte ihn vor kurzem empfangen und auch gleich in seiner Eichenvilla aufgenommen. Verständigungsprobleme gibt es nicht, die Elben beherrschen die Sprachen der Menschen.

„Nun, wie fühlst du dich im Moment?"

„Die Bilder in meinem Kopf nehmen Überhand, verdrängen klare Gedanken."

„Du hast viel gesehen. Doch zu hastig wart ihr unterwegs. Allvaters Schnelligkeit ist uns bekannt. Ein flüchtiger Eindruck überlagert den nächsten. Das verursacht Kopfschmerz. – Ruh dich aus bei uns, ordne Bilder und Gedanken! Ein neuer Erfahrungsschatz wird dich sicherer machen in unserer Welt."

„Gern bin ich hier, ich danke euch. – Kennt ihr die Nornen, die mich belehrten?"

„Natürlich, es herrscht ein reger Austausch, wir verstehen uns."

„Wenn es um Midgard ging, nahmen sie oft unsere Hilfe in Anspruch", präzisiert Erlkorn.

Arion schreitet mit großen Schritten über die Wiese, leichtfüßig, schwebend fast, und wendet sich an die Sitzenden: „Meine Schwester Alaniell streitet mit unserem Nachbarn Tarsinion, der mein Freund ist. Böse Worte fliegen hin und her. Das tut mir weh. Ich wünsche ein Ende des Zwists und bitte um deine Hilfe, Olidir."

„Du weißt, Arion, dass in unserer Welt Streit und Missgunst keine Heimat haben. Du bist noch unerfahren, deshalb höre meinen Rat: Fragt nicht nach Ursache oder Schuld! Bereite einen Tisch mit feinen Speisen für drei, Tarsinion, Alaniell und dich! Vor der Mahlzeit lächelt ihr euch herzlich an und geht während des Schmausens der Frage nach, warum es gut für einen Elben ist, Verständnis anderen gegenüber aufzubringen! Dann geht ihr auf die Wiese und werft den Ball. Und der Streit ist und bleibt vergessen. Daran müsst ihr fest glauben, deine Schwester und du. Unser Licht hilft dir dabei."

Arion dankt und läuft froh von dannen.

„Du merkst, Gunthár, dass es nur Kleinigkeiten sind. Echte Probleme pochen von außerhalb an unsere Silberauen. Schwarzalben und Riesen neiden uns die Harmonie. Und sie hassen uns dafür, dass wir den Menschen Midgards in Notsituationen zur Seite stehen und Schutz bieten können. Gemeinsam haben Menschen und Elben gelernt, Erfahrung und Vernunft als Rat gebende Kraft anzuerkennen. Auch die Nornen beschreiten – zögerlich noch – diesen Weg. Allvater ist skeptisch, fühlt er doch seine archaische Allmacht schwinden. Besonders unsere einstigen Verwandten, die Schwarzalben oder Zwerge, wie sich selbst nennen und auch von den Menschen genannt werden, rasseln bereits mit ihren Waffen. Sie waren Verbündete, übten aber schändlichen Verrat, so dass wir jegliche Verbindung trennten und uns ins Verborgene zurückzogen. Die Zwerge benötigen die Menschen als Handelspartner, bei ihnen können sie sich als hilfreiche oder häufiger noch als böse Geister aufspielen. Nun fürchten sie, Einfluss zu verlieren, und wollen den Anfängen wehren."

Gunthár deutet Zustimmung an, Gewicht lastet auf seinen Augenlidern. Er ist nicht mehr in der Lage, Neues aufzunehmen, sehnt sich nach Albernheiten. Olidir erkennt die Situation und schlägt dem Gast lächelnd vor, nach Hause zu gehen, wo seine Gefährtin Odania sie schon erwartet.

Was ist Zeit? Vergeht sie, oder ist sie stehen geblieben?

Gunthár hat inzwischen nach und nach ein wenig die Sprache der Elben gelernt und lange vorher schon seine abgetragenen Kleidungstücke und schiefen Schuhe gegen die luftige, helle Elbenbekleidung und leichtes Schuhwerk mit fester Sohle eintauschen dürfen. Seine Hornbrille mit trifokal eingeschliffenen Gläsern, die sich bei hellem Lichteinfall automatisch dunkel färbten, hat er abgelegt. Sie ist hier fehl am Platze. Was nötig ist, sieht er auch so.

Schwarzalben unter der Leitung Dvalins hatten Skidbladnir einst gebaut. Es ist im Besitz des Wanengottes Freyr, und nun haben sie es sich klammheimlich zurückgeholt. Das bauchige Schiff mit dem hohen Mast hat immer günstigen Wind, sobald die Segel, die aus vielen kleinen Stücken bestehen, gesetzt sind. Die Segel können klein zusammengefaltet und in einer Tasche getragen werden. Skidbladnir befördert zwei Schwarzalben, kräftige kleine Pferde aus Island, Gepäckstücke und eine winzige Eisenkiste mit einem wertvollen Papier.

Bradni, einst einer der Erbauer Skidbladnirs, und Hargin lassen ihr Schiff auf den Strand einer Küste im Norden Midgards knirschen. Eine breite Holzbohle dient ihnen und den Reittieren als guter Übergang zum festen Land nach vielen Tagen auf See. Sie sind etwas wackelig auf ihren krummen Beinen. Die Pferde nutzen die neue Freiheit und toben sich aus. Bradni schlingt das Schiffstau um den Stamm eines nahen Nadelbaums, Hargin fängt die Isländer ein und pflockt sie mit langen Eisenstangen an, die er gerade in ein locker mit Gras bewachsenes Uferstück getrieben hat. Er traut ihnen nicht. Dann erkunden sie die nähere Umgebung.

Kleine Sandberge gilt es zu überwinden, ihr Schuhwerk aus lockeren Riemen füllt sich mit reibenden Körnern. Heckenrosen duften. Ein schmaler Kiefernwald gibt Schatten. Dann öffnet sich die Landschaft, und gepflegtes Bauernland präsentiert sich. Ein Sandweg führt zum nächstliegenden Gehöft. Bradni und Hargin haben sich orientiert, kehren zum Ufer zurück und besprechen ihren Plan.

Die Schwarzalben sind hungrig und durstig, auch die Tiere müssen saufen. Alle Nahrung ist aufgebraucht, Nachschub dringend nötig. Einige Zeit nach Sonnenuntergang nähern sie sich dem Bauernhaus. Ihre Augen mögen Dunkelheit. Sie fassen nach ihren Schwertern, prüfen, ob sie locker genug sitzen und dringen durch eine Hintertür ins Haus. Die erschreckten Bewohner werden, soweit sie sich in den Weg stellen, sofort getötet. Bradni und Hargin füllen in aller Ruhe die mitgeführten Säcke mit den genießbaren Waren, die sie in Küche und Vorratskammer vorfinden. Einige Flaschen Bier sind auch dabei, noch etwas Wasser für die Pferde. Schwarzalben sind stark, aber mehr geht nicht. Die Tiere müssen sich bescheiden, der nächste Regen wird im Zuber aufgefangen. Sie kehren zügig zum Wasser zurück, beladen das Schiff und drücken es mit vereinten Kräften in tieferes Wasser. Sie springen auf, machen das Segel klar, und dann weht der passende Wind, der sie aufs offene Meer treibt. Sie belegen die Schoten, das Schiff läuft ruhig, und nun machen sich beide gierig über die Vorräte her. Skidbladnir kennt den Kurs: Ljosselfheim, die Welt der Lichtelben.

Er sieht sie schon von weitem herankommen, zwei Gestalten auf kleinen Pferden, die knapp über dem Erdboden zu fliegen scheinen. Sie nähern sich der Eiche, ihre langen Bärte flattern im Nacken. Sie vertäuen ihre Reittiere am Gebüsch, entnehmen der Satteltasche ein Papier, schauen sich um und wenden sich der breiten Holztreppe zu, die nach oben zur Eichenvilla führt. Schnell erhebt sich Gunthár von seinem weichen Sessel auf dem luftigen Freisitz, stürzt zur Treppe und ruft nach unten:

„Bitte wartet! Legt erst eure Waffen ab! Die sind hier im Hause nicht erlaubt. Dann seid ihr willkommen."

Bradni und Hargin murren. Doch dann treten sie zurück, legen die Streitäxte neben die Pferde und stoßen die kurzen Schwerter missmutig in den lockeren Boden, die Erkenntnis missachtend, dass Erdkontakt einer scharfen Klinge nicht guttut. Wieder betreten sie die Treppe und steigen langsam Stufe für Stufe hoch. Gunthár nimmt sie in Empfang und fragt nach ihrem Begehr.

„Wir haben eine Botschaft für den Häuptling der Elben, die wir ihm persönlich überreichen müssen."

„Wer seid ihr?"

„Wir sind Alben aus Svartalfheim, erschöpft von der langen Reise."

„Setzt euch hier bitte, ich gebe Olidir Nachricht. Er ist im Hause."

Olidir erscheint, an seiner Seite der junge Erlkorn, der ein Tablett mit Brot und Saft ins Freie balanciert. Die Schwarzalben erheben sich, als der sie an Körpergröße überragende Olidir auf sie zutritt. Lichtstrahlen fallen auf den Holzboden des Freisitzes.

„Seid gegrüßt! Gunthár hat mir berichtet, woher ihr kommt. Das überrascht mich sehr. Kontakte gab es keine in letzter Zeit. Doch bevor ihr über den Anlass eure Reise erzählt, stärkt euch! Ihr seid meine Gäste."

Bradni und Hargin greifen zu, setzen sich wieder, essen und trinken. Erlkorn platziert zwei Stühle ihnen gegenüber, auf denen Olidir und er Platz nehmen. Gunthár lehnt am Türrahmen und schaut auf die Vier. Olidir bedeutet ihm, näher zu treten, und Gunthár setzt sich mit ein wenig Abstand zu den anderen auf einen Hocker. Sein Glas mit dem Holunderblütensaft stellt er vor sich auf dem Boden ab. In diesem Moment spürt er eine emotionale Nähe zu den Elben.

„Das ist Hargin, und ich bin Bradni. Gorim schickt uns mit einer Nachricht an dich. Hier ist sie."

Bradni überreicht Olidir das Papier. Er liest. Seine weichen Gesichtszüge werden hart, die freundlichen Augen starr. Bevor der Briefbogen in seinen Händen zu zittern beginnt, übergibt er ihn der Hand Erlkorns.

„Mein Freund Gerthion ist also gefangen in Svartalfheim. Und ihr Zwerge stellt nun horrende Forderungen an uns Elben, die wir erfüllen müssen, damit unser Gefährte seine Freiheit zurückerhalten kann."

Die Schwarzalben nicken und grinsen. Olidir bezwingt seine Wut und spricht in ruhigem Ton:

„Ihr wartet auf Antwort. Wie viel Zeit räumt ihr mir ein für gründliches Nachdenken und Formulieren?"

„Wir reisen morgen zurück. Gorim erwartet unsere schnelle Rückkehr mit deiner Antwort. Von ihr hängt ab, wie er mit dem gefangenen Elben verfahren wird. Ihr kennt Gorims Härte."

„Das sind klare Worte. Heute Nacht noch werde ich mich um Antwort bemühen. – Und ihr dürft das kleine Haus dort unten direkt am Seeufer beziehen. Dort findet ihr alles, was ihr braucht. Geht nun!"

Bradni und Hargin verlassen murmelnd und stampfend diesen idyllischen Raum im Freien, die Bodendielen biegen sich und knarren, so schwer sind die beiden. Die Vögel verstummen, eine Wolke schiebt sich vor die tief stehende Sonne, die Regenbogenbrücke stürzt ein.

Da sitzen sie nun: Gunthár, Erlkorn, Olidir, Odania und reden. Die Dämmerung senkt sich über das Land, zahlreiche helle Kerzen vertreiben die Dunkelheit vor Ort. Klar ist ihnen, dass Gerthion befreit werden muss; klar ist aber auch, dass sie die Forderungen der Schwarzalben nicht erfüllen können. Auf die Frage, ob überhaupt oder wie Gewalt angewendet werden soll, gibt es noch keine eindeutige Antwort. Olidir ist über ein Papier gebeugt, oft taucht er die Feder in das Tintengefäß.

Die rote Sonne begrüßt das Elbenland. Eine Elchkuh und ihr Kalb stehen im seichten Wasser des Sees in Ufernähe und löschen ihren Durst. Gunthár beugt sich weit über die Brüstung im Baum und schaut in die Ferne. Bradni und Hargin galoppieren, nein, tölten aus seinem Gesichtsfeld hin zum großen Fluss, wo das Flutross Skidbladnir auf sie wartet.

Die Oberen der Schwarzalben sind in Aufruhr. „Die Spitzohren gehen nicht auf unsere Forderungen ein. Sie bitten um Freilassung des Gefangenen. Als Gegenleistung wollen sie uns so akzeptieren, wie wir sind, und niemals mit scharfen Waffen bekämpfen."

Gorim lacht dröhnend.

„Diese Feiglinge drohen uns Zwergen, den Schöpfern der schärfsten Schwerter und Äxte. Wir sind stark und gut gerüstet. Kazgar, du bist für den Elben zuständig. Lass ihn nicht aus den Augen!"

Olidir ist betrübt. Die Elben hatten doch schon lange erkannt, dass nicht Kampf und Ruhm sie weiterbringen würden, sondern Zivilisation und Kultur sowie Empathie für ihresgleichen und die Menschen, genauso wie die Liebe zur Natur. Nun werden sie zu Auseinandersetzungen gezwungen, die ihrer Gesinnung zuwiderlaufen. Ihre selbst gewählte Isolation werden sie verlassen müssen. Doch welches Ende wird sie erwarten? – In Gunthár hat der Häuptling der Elben einen freundlichen Gesprächspartner gefunden, der sich wie er bemüht, Zusammenhänge zu durchschauen und gemeinsame Wertvorstellungen zu entwickeln. Dass es Lichtelben waren, die Gunthárs Leben in Midgard ein paar Mal zum Guten wendeten, hat er ihm allerdings nicht erzählt. – Gunthár ist mehr als nur Gast in der Eichenvilla, er fühlt sich zu Hause.

Olidir weist Erlkorn an: „Bestimme bitte zwei schnelle Boten! Der eine möge die Waldelben der nördlichen Wälder im Tal der Ältesten aufsuchen und eine Abordnung zu uns einladen. Den anderen schicke in die Berge jenseits der Silberauen zu den Gebirgselben, sie sollen auch eingeladen werden. Wir müssen uns beraten, und zwar bald, die Zeit drängt."

Unter dem gewaltigen Dach der Eichenvilla erstreckt sich über die gesamte Hausfläche ein luftiger Saal, unterbrochen nur von sechs Stützbalken aus hartem Eichenholz, die das Dach halten. Fensteröffnungen ermöglichen die Sicht ins Land und lassen das Licht herein. Ein ovaler Holztisch und 20 Stühle bilden das Mobiliar. Gunthár und Olidir begutachten den Versammlungsraum der Elben, rücken den einen oder anderen Stuhl gerade.

„Unsere Freunde erwarte ich morgen im Laufe des Tages, und nach einem Begrüßungsmahl werden wir abends mit unseren Beratungen beginnen. Du bist dann an meiner Seite."

Der gegenseitigen Höflichkeiten sind Genüge getan, gemeinsame Erlebnisse beschworen. Die Kerzen flackern im Abendhauch. Die Arbeit beginnt. Olidir unterrichtet die Anwesenden über die Situation. Als die Elben erfahren, dass Olidirs Stellvertreter Gerthion Gefangener der Schwarzalben ist, bebt der Raum vor Entrüstung. Man ist sich einig, dass man die Bedingungen der Geiselnehmer auf gar keinen Fall annehmen könne. Der Ruf nach Krieg wird laut. Olidir beschwichtigt die erhitzten Gemüter und erinnert daran, dass alle Lichtelben dem Krieg mit seinen blutigen Schlachten abgeschworen hätten, weil ihnen der Sinn dafür nach und nach abhandengekommen war. Er informiert die Freunde, dass die Schwarzalben schon eine ablehnende Antwort auf ihre Forderungen erhalten hätten, Kampfhandlungen nicht ausgeschlossen.

„Das war in der Tat eine indirekte Drohung; ich war genötigt, schnell zu reagieren. Schwarzalben darfst du keine Schwäche zeigen. Jetzt ist die Stunde, mit Augenmaß zu beraten, was zu tun ist. Jeder kommt zu Wort und äußert seinen Vorschlag. Dann werden wir uns abstimmen."

So vergeht die Nacht. Von einem Ast der knorrigen Eiche heben Hugin und Munin ab in die Weite der unendlichen Dunkelheit.

„Gunthár ist wieder einmal angekommen und macht es sich bequem, so hörte ich."

„Ja, so ist es. – Sorgen bereitet mir dagegen deine Quelle, Urd, ein klägliches Wässerchen, das zu versiegen droht."

„Wir werden mit Allvater sprechen, er wird uns bald beehren."

Die viel wissenden Frauen nehmen wieder ihre Arbeit auf, versorgen den Weltenbaum und denken über Menschenschicksale nach.

Sleipnir tut sich gütlich an der Tränke, die Nornen sitzen auf ihrer Steinmauer am Wasser und hören Allvaters Ansprache: „Yggdrasil schwankt. Hier unten im Wurzelbereich sind die Bewegungen kaum spürbar, doch in der Krone und darüber hinaus in Asgard sind die Schwankungen deutlich. Einige der neun Welten werden aus den Fugen geraten, wenn wir das Gleichgewicht nicht zügig wiederherstellen. Erdbeben drohen in Midgard. Und der Wasserstand deines Brunnens, Urd, ist abhängig von den Schwankungen des Weltenbaumes. Gänzlich versiegen wird die Quelle nicht, es sei denn, Yggdrasil fällt, was so schnell nicht geschehen wird."

„Übrigens, Gunthár geht es gut in Ljosselfheim, vielleicht bleibt er dort. Wir haben keinen Einfluss mehr auf ihn."

„Ich sagte es ja bereits, er passt dort hin. Ljosselfheim ist jedoch in Aufruhr; die Elben bereiten sich auf Auseinandersetzungen mit den Schwarzalben vor, die einen der ihren gefangen nahmen. Er sitzt leidend in einem dunklen Kerker in Svartalfheim. Die Elben beabsichtigen, ihn zu befreien. Doch der Gefangene ist gut bewacht."

„Willst du nicht eingreifen und ein Machtwort sprechen?"

„Mein Einfluss auf Elben oder Alben ist geringer geworden, seit ihnen Zweifel an meiner Allmacht kamen. Meine Sympathie gehört den Lichtelben, vielleicht kann ich ihnen helfen. Doch versprechen kann ich nichts."

Sleipnir hat sich genähert und stößt sein weiches Maul in die Seite seines Herrn. Sie machen sich auf den Weg.

Hölzerne Hallen bilden eine Burg, die bis an den Horizont reicht, dazwischen riesige Sand- und Grasplätze, auf denen schon vor Zeiten gefallene Recken ihre Kampfspiele durchführten. Die gewaltige, mit über 500 Toren bestückte Halle gleich vorne beinhaltet den Speisesaal mit unzähligen Sitzecken für fröhliche Zechgelage. Neben den Kriegerparadiesen Wallhall und Wingolf erstrecken sich das schmuckvolle Gerichtsgebäude, verschiedene Werkstätten und eine Vielzahl von Wohngebäuden. Die Asen selbst residieren auf prächtigen Plätzen außerhalb der großen Burg. Ein lauer Wind ist allgegenwärtig in diesen Höhen, von denen Allvater die Welten überblickt. Das geht besonders gut von seinem aufragenden Hochsitz Hlidskalf aus, einem hohen Holzgerüst mit Thronsessel über der Toröffnung seines herrschaftlichen Palastes. Er besteigt ihn nur noch selten.

„Das Elbenheer soll nach Asgard kommen. Du, Balder, wirst zusammen mit Thor die Elben bei uns aufnehmen. Ich möchte erfahren, was sie vorhaben. Eine blutige Schlacht müssen wir verhindern; ich möchte keine Totenberge mehr. Wir sind auf beide Gruppen angewiesen, besonders abhängig sind wir von den geschickten Schwarzalben, die wir nicht mögen, die uns aber mit wertvollen Gütern versorgen. Gleichwohl gilt es, den festgesetzten Elben aus seiner Gefangenschaft zu erlösen."

Die beiden Söhne Allvaters suchen Freyr auf, um ihn nach Skidbladnir zu fragen – als bestens geeignetes Fahrzeug für die Elben. Freyr, der seit dem Frieden zwischen Wanen und Asen auf Asgard lebt, beruhigt den Eber Gulinborsti an seiner Seite und stimmt sofort zu. Dann erzählt er eine Geschichte: „Es ist noch gar nicht so lange her, als ich auf einem Kontrollgang bemerkte, dass Skidbladnirs Liegeplatz leer lag. Was war hier geschehen? – Ich stellte Befragungen an. Ausgerechnet meine Zwillingsschwester Freya hatte beobachtet, dass zwei fremde kleinwüchsige Männer bei Dunkelheit in der Nähe waren. Sie dachte sich nichts Böses dabei. Eine Ahnung ließ mich jedoch nicht mehr los. Mein Freund und Diener Skirnir und ich lagen abwechselnd Tag und Nacht auf der Lauer, um der Übeltäter habhaft zu werden. Und dann kamen sie, versuchten Geräusche zu vermeiden. Leise legten sie an und sprangen an Land. Ich trat aus dem Schatten und sprach sie an. Mit gezückten Schwertern stürzen sie sich auf mich. Ich erkannte zwei Schwarzalben und herrschte sie an, sofort stehen zu bleiben, sonst würde ein Unglück geschehen. ‚Ja, für dich!', schrien sie. Nun gab es für Gulinborsti kein Halten mehr: Mit gesenktem Kopf überrannte er sie, die Überraschung nutzend. Ein schmerzhafter Schwerthieb ließ ihn rasend werden. Er überhörte meinen Ruf und gebrauchte seine spitzen Hauer. Die Schwarzalben lagen in ihrem Blut, und der Goldborstige kehrte an meine Seite zurück. Seine Fleischwunde verheilte schnell."

Freyr tätschelt Gulinborstis Rücken. Thor spricht:

„Wir wissen, dass es Gorims Boten waren, die Botschaften zu überbringen hatten und nach getaner Arbeit und einigem Hin und Her das Schiff wieder zurückbrachten. Sie brauchten ein sehr schnelles Transportmittel für diese Entfernungen. Wie sie hierherkamen und wie sie nach Svartalfheim zurückkehren wollten, wissen wir jedoch nicht. Das ist ja auch nicht mehr wichtig."

Nun geschieht es doch: Gunthár betritt Asgard. Hunderte von Elben, angeführt von Olidir, sind mit ihm, Elben aus den Silberauen, Wäldern und aus dem Gebirge, ein jeder mit einem leichten Bogen über der Schulter und gut gefülltem Köcher.

„Seid unsere Gäste! – Richtet hier neben Walhall auf der Wiese euer Lager auf! – Teile mir bitte mit, Olidir, was ihr plant!"

„Wir werden die Schwarzalben überraschen und ihren Anführer Gorim blitzschnell gefangen nehmen, einem Austausch steht dann nichts mehr im Wege. Oder wir erkämpfen uns gleich den Zugang zum Kerker und befreien Gerthion. Das wird die Situation vor Ort ergeben. Unsere zielsicheren Bogenschützen werden es möglich machen. Alle Einzelheiten sind besprochen. Und euer Wunderschiff Skidbladnir ist unser schneller Begleiter, Dank dafür."

„Ohne massive Gewalt wird es wohl nicht gehen. Die Schwarzalben werden ihren Gefangenen nicht kampflos herausgeben. Er wird gut bewacht, und alle Einwohner Svartalfheims sind vorgewarnt und werden sich kaum überraschen lassen. Ich sehe deutlich Blutvergießen voraus. Und genau das erlaubt Allvater nicht. Zwei Menschen und zwei Schwarzalben sind wegen dieses Konfliktes bereits im Reich der Toten."

„Wir haben uns lange beraten und keine sichere Lösung gefunden. Wir sind uns nun einig, dass Opfer beklagt werden müssen – auf beiden Seiten. Das ist furchtbar, lässt sich aber nicht vermeiden. Sollen wir Gerthion opfern? – Was sollen wir tun?"

Balder und Thor bleiben die Antwort schuldig, ziehen sich ein wenig zurück und reden miteinander. Sie kennen Allvaters Willen, haben allerdings eigene Meinungen, die unterschiedlich ausfallen. Olidir sackt zusammen.

Gunthár erkundet diesen Teil Asgards, gehend und sehend. Auf einer weit entfernten Weide grast Sleipnir. Das erkennt er gerade noch im hellen Himmelslicht.

„Sleipnir", murmelt er leise.

Und auf einmal wie aus dem Nebel tauchen Erinnerungen auf, nehmen allmählich randscharfe Konturen an.

„SLEIPNIR hieß doch das Schiff, das mich als blutjungen Soldaten mit den Freiwilligen nach Königsberg brachte."

Danzig, Sieversfleth, Niendorf und Lübeck, Ostsee und Nordsee werden langsam wieder aufgebaut, und Gunthár wird von Schalkowski beseelt. Er betrachtet das Feldlager der Elben, sieht die harmlosen Kampfspiele der Helden seiner alten Sagen, und er hört das Wort, das mantramäßig in den letzten 50 Jahren seines Erdenlebens unter Seinesgleichen immer wieder ausgesprochen wurde: NIE WIEDER KRIEG!

Gunthár tritt zu Olidir und spricht ihn leise an. Er beschreibt ihre junge Freundschaft und wechselt aus der Rolle des passiven Beobachters, der auch mitreden durfte, in eine andere. – Bald schon richtet sich Olidir auf zu strahlender Größe. Gunthár wendet sich nun ab und geht ein paar Schritte auf die Asen zu, die ihren Disput beenden und ihn erwartungsvoll ansehen.

Nach geraumer Zeit spricht Thor die Elben mit mächtiger Stimme an: „Wir wollen es nicht zu einer Schlacht kommen lassen, die zu einem Krieg führen könnte, dessen gewaltige Ausmaße wir nicht wissen, auch wenn vage Ahnungen der Seherinnen und Weisen verschwommene Bilder aufkommen lassen. Ihr bleibt weiterhin unsere Gäste, aber haltet euch bereit, es steht noch nicht fest, wie unsere Aktion ausgehen wird. Führt inzwischen Turniere durch, trainiert und lasst euch den Met aus Heidruns Euter schmecken!"

Und an Gunthár gewandt: „Du gehörst nicht zu den Elben, Gunthár. Ich erkenne das an deinem etwas schwerfälligen Gang und den runden Ohrmuscheln; du gehörst zu den Menschen. Und ich mag Menschen, die mir in ihrer Welt einen Wochentag gewidmet haben oder meinen Namen wohlwollend verwenden. Unsere alten Götternamen gibt es glücklicherweise vereinzelt noch, doch in Midgard, der Menschenwelt, haben sich in diesen Zeiten andere Bezeichnungen für die Höheren durchgesetzt. – Gleich werde ich in Thrudheim vorbeischauen und die Ziegenböcke anspannen lassen. Ich hole dich dann hier ab."

Gunthárs Abschied von Erlkorn und Olidir ist langanhaltend und innig.

Der Wolkenwagen schwebt von dannen. Thor lässt die Zügel locker, noch kennen die Böcke den Weg. Ihre langen, spitzen Hörner und die noch längeren Bärte verleihen ihnen ein wildes und malerisches Aussehen. Am Horizont wird die zackige Bergkette von Ljosselfheim sichtbar; dann geht es mit hoher Geschwindigkeit zwischen Feuer und Eis hindurch direkt nach Midgard. Der Wolkenwagen gerät in Turbulenzen, Thor fasst die Zügel kürzer und lenkt die kräftigen Tiere zu seinem Lieblingsplatz Tórshavn auf den Färöer-Inseln im kühlen Nordmeer

Midgards. Die Lichter der kleinen Stadt weisen den Weg. Die Vorderwand ihres besonderen Gefährts ist halbrund und höher gezogen als die Seitenteile, um Schutz vor dem enormen Fahrtwind zu geben, so dass der Kutscher nur stehend arbeiten kann. Auch Gunthár will stehen, bequeme Sitzmöglichkeiten gibt es nicht. Wenig entspannt klammert er sich fest an einem kalten metallenen Haltegriff. Eine Pause wird beiden Männern guttun. Thor parkt südlich der Stadt auf dem 490 m hohen Konufelli. Einsam ist es hier, der Ausblick atemberaubend. Die Ziegen werden ausgespannt und dürfen grasen, ein kleiner Teich bietet Wasser. Gunthár und Thor legen Kleidungsstücke an, die der nördlichen Menschenwelt angepasst sind. Im Wagen gibt es einige Fächer, die für unterschiedliche Utensilien, je nach Reiseziel oder -absicht, gut gefüllt sind. Thors Hammer Miöllnir klemmt an versteckter Stelle in eigens gefertigter Halterung. Er nimmt ihn heraus und steckt ihn an seinen breiten Gürtel. Die schwarze Lederjacke darüber verhüllt ihn, nur unscharfe Konturen lassen sich ausmachen. Nun sind sie stadtfein und steigen bergab. Thor schafft es, dass sich die Regenwolken verziehen, und sie mischen sich unter das Volk von Tórshavn. Gunthár weiß, irgendwann ist er schon einmal an diesem Ort gewesen.

„Es geschieht nicht alle Tage, dass ein Ase den langen Weg nach Svartalfheim einschlägt, uns Zwerge zu besuchen. Ich freue mich, dass gerade du, Thor, gekommen bist, der unserem Volk nicht feindlich gegenübersteht. Auch dein Begleiter ist uns willkommen. Nun sage uns den Grund deiner Reise!"

Die Schwarzalben Thrund und Gorim sitzen Gunthár und Thor gegenüber in einer geräumigen Höhle im Fels. Ein wenig helles Licht fällt durch eine Spalte im Deckgebirge, mischt sich mit dem rötlichen des unruhigen Feuers. Thors Gewand wird von seinem Kraftgürtel zusammengehalten, und Miöllnir ist nicht verborgen, hängt griffbereit und schwer an seiner rechten Seite.

„Es sind zwei verschiedene Gründe, die uns zu dieser Reise veranlassten. Die handwerklichen Qualitäten eures Volkes sind unbestritten, sie haben sich seit langem bewährt. Ich benötige einen Eisenhandschuh für meine linke Hand. Der für die rechte ist gut, aber ich möchte beide Hände schützen. Nimm bitte meine Bestellung auf. – Nun zum zweiten Grund: Mein Gast Gunthár interessiert sich für die anderen Welten. Er war bereits bei den Nornen zu Gast, und ich habe es mir nun zur Aufgabe gemacht, ihn vom hohen Himmel bis in die Tiefen eures Reiches zu leiten. Er genießt meinen und Allvaters Schutz, meines Schöpfers, der euch grüßen lässt. Gunthár bittet nun höflichst darum, Svartalfheim in Augenschein nehmen zu dürfen, die Höhlenwelt mit den großen Werkstätten, Wohn- und Geschäftsräumen, dem Gefängnis, das als äußerst sicher gilt. Ein solches Ensemble ist neu für ihn und würde seinen Erfahrungsschatz enorm bereichern."

Gorims Stirnfalte vertieft sich, seine Augen schauen kalt und verströmen Misstrauen.

„Wenn ihr Höheren es wünscht, werden wir Zwerge offen sein, was sonst nicht üblich ist und gegen unsere Natur verstößt. Ich führe euch jetzt zu einer Galerie, wo ihr unsere große Schmiede und wichtige Arbeiten von oben überblicken könnt. Das sollte für heute reichen."

Gunthár und Thor sind allein. Überwältigende Bilder bieten sich hier dem Betrachter; doch das ist es nicht, was Gunthár bewegt. Es ist das Verlangen, den Elben zu sehen, ihn frei zu sehen, ein edles Wesen, zu Höherem berufen, das in Gefangenschaft verkümmern muss. Rilkes „Panther" dreht sich „im allerkleinsten Kreise"; im Lehrerseminar besprachen sie einst das moderne Gedicht, dann vergaß er es. Lyrik war nie seine Sache. Er verdrängt das Bild im Kopf, will den Elben nicht mit einem Tier vergleichen.

Plötzlich verlässt Gunthár Thor und die Galerie, geht zurück in den schmalen Gang. Die klingenden Töne der Hammerschläge nehmen ab, und er biegt in den breiteren Hauptstollen, der ein wenig mehr Licht bietet. Weit vor ihm geht ein Schwarzalb. Ein Korb schlenkert an seiner rechten Seite. Gunthár hält inne, lässt den Abstand größer werden, dann folgt er ihm vorsichtig. Nun biegt der Schwarzalb nach links in einen Gang, der durch eine Fackel an der Steinwand nur schwach erhellt wird. Gunthár drückt sich eng an die schattige Seite, bleibt hinter dem Korbträger, der gerade sein Ziel erreicht. Er übergibt dem Wächter Kazgar den geflochtenen Korb mit Esswaren und erhält im Gegenzug ein leeres Gefäß. Die Schwarzalben sprechen miteinander, grinsen und lachen. Gunthár beobachtet sie und zieht sich dann weit in eine schwarze Felsnische zurück, damit ihn der Alb auf seinem Rückweg nicht entdecken kann. Das Geräusch schwerer Schritte weckt Gunthár aus seinen Gedanken; er konzentriert sich und schaut ganz kurz in den Gang. Nun steht er regungslos, wird eins mit dem Stein. Der Schwarzalb passiert. Die Schritte verhallen, Gunthár löst sich aus seinem Versteck und schreitet Richtung Kerker. Er will sich nicht verbergen und geht lockeren Schrittes auf Kazgar zu, angezogen von Gerthion, der hinter Eisenstäben auf dem felsigen Boden sitzt. Ein zerschlissenes Fell hält die gröbste Kälte ab, vor ihm Brotkanten und eine Schale mit Wasser. Ausscheidungsgeruch mischt sich mit dem ätzenden Rauch glimmenden Holzes in einer Feuerschale. Das Gefängnis ist eine ins Gebirge getriebene Höhle; ein Gitter mit schwerer Eisentür ist die Vorderwand, die einen vollständigen Blick auf den Gefangenen ermöglicht. Gerthion, der hier ohne die schwere Kette dahinvegetiert, hebt langsam sein beschmutztes Haupt und richtet den Blick auf die gespenstische Szene vor den Stäben.

„Halt!", dröhnt es und zerreißt die Ruhe der Lebendigen. Heftiger Herzschlag setzt ein. Und Gunthár marschiert zum Eisengitter. Kazgar verstellt ihm den Weg, zieht sein scharfes Kurzschwert und nimmt breitbeinig eine drohende Gebärde ein, die sehr deutlich macht, dass er seine Waffe gleich zu gebrauchen gedenkt. Gunthár bittet ihn, so freundlich es ihm irgend möglich ist, den Häftling besuchen und mit ihm sprechen zu dürfen. Offen und klar schaut er Kazgar in sein zugewachsenes Gesicht.

„Ich habe einen langen Weg hinter mir. Bitte!"

Und auch Gerthion fixiert mit leuchtenden Augen aus dem Halbdunkel der Klause seinen Wächter. Der starke Kazgar verändert seine Haltung, zischt einige Male und greift nach dem Schlüssel in seiner Joppe und öffnet das Verließ. Gunthár schlüpft zu Gerthion, der Schlüssel dreht sich wieder ächzend im Schloss, und Kazgar hat einen Gefangenen mehr.

Gerthion schaut Gunthár, der neben ihm auf dem Boden sitzt, überrascht an. Lange hat er nicht mehr gesprochen.

„Wer bist du?"

Gunthár stellt sich vor und erzählt von seinen Erlebnissen. Gerthion beherrscht die Sprache der Menschen wie fast alle Lichtelben, so dass sie in ihrer Unterhaltung auf einen mithörenden und verstehenden Schwarzalben keine Rücksicht nehmen müssen. Gunthár interessiert es, wie Gerthion in Gefangenschaft geraten konnte.

„Oft war ich in Midgard. Ich mag die Menschen und kann ihnen helfen in ihrer Not, wenn sie denn Hilfe wollen. Nur darf ich mich ihnen nicht zeigen, muss stets im Verborgenen bleiben. Auf meinem Rückweg nach Hause trieben mich einmal kräftige Luftströmungen in die gefährliche Nähe von Muspelheim, mir wurde heiß, und meine Kräfte ließen nach. Zwei Schwarzalben, die in einer Schale ewiges Feuer für neue Schmieden besorgt hatten, kamen mir mit ihrem Eisenwagen zu Hilfe. So glaubte ich. Sie griffen nach mir und fesselten mich mit der Kette, die zum Wagen gehörte. Ich war zu schwach und auch zu überrascht, um mich zur Wehr zu setzen. Wir Elben mögen die Schwarzen nicht und sie uns nicht; wir lassen uns in Ruhe, aber wir tun uns doch nichts an. Das ist jetzt anders. Nun bin ich hier und weiß nicht, was wird."

Ein zweiter Schwarzalb ist angekommen, sein Erstaunen angesichts eines weiteren Insassen im Verließ wird deutlich. Wild gestikulierend mit gepressten Lauten reden sie.

„Benachrichtige Gorim!"

Er weiß, dass er Gunthár gehen lassen muss. Der Erstgeborene Allvaters hat die Fähigkeit, Menschenwege nachzuvollziehen und in bestimmten Fällen vorherzusagen, bestimmen kann er sie nicht. Er sieht die beiden Gefangenen vor sich, konstruiert die Höhle im Fels nach, überprüft die unterschiedlich harten Gesteinsschichten und prägt sich Spalten und Verwerfungen ein. Gunthár und Gerthion dürfen nicht zu Schaden kommen, Schwarzalben möglichst auch nicht, um des Friedens willen. Verglichen mit seinen mannigfaltigen Fähigkeiten als machtvoller

Gott sind seine geologischen Kenntnisse eher gering. Thor macht sich auf den Weg ins Dunkle, Miöllnir fest im Griff.

Loki hält sich zurzeit bei den Schwarzalben auf, um die neu produzierten Schwerter und Speere für seine Mannen in Empfang zu nehmen. Er ist zufrieden mit der Arbeit der Schmiede, lobt das gesamte Volk für seinen Fleiß und alle Kunstfertigkeiten. Lokis Zugewandtheit verstärkt Gorim noch dadurch, dass er den Preis für die Waffen niedriger ansetzt als geplant und üblich, und dann bittet er den mächtigen Asen bei schäumendem Met um Rat und Hilfe. Schnell überblickt Loki die Situation im Berg, Thors Besuch, zwei Gefängnisinsassen. Niemals wird er etwas tun, was Thors Interessen zuwiderläuft. Seit ihrer gemeinsamen abenteuerlichen Fahrt zu den Riesen nach Jötunheim sind sie Freunde geworden. Gorim gegenüber betont er, dass natürlich mit seiner tatkräftigen Unterstützung zu rechnen sei. Zunächst möge Gorim zehn seiner tapfersten Kämpfer in der Kerkerhöhle versammeln, um einen plötzlichen Befreiungsschlag zu vereiteln. Außerdem seien die Wachposten am Rande des Gebirges zu verstärken und Späher auszusenden, um unerwünschte Eindringlinge oder ein anrückendes Elbenheer rechtzeitig auszumachen. Gorim geht an die Arbeit. Der schwer bewaffnete Thrund führt zehn Krieger und Loki in die Kerkerhöhle.

„Ich hätte mich durchsetzen müssen und mitreisen. Gunthár allein mit Thor in Svartalfheim! Die Schwarzalben werden Gerthion teuer verkaufen. Hoffentlich geschieht ihm nichts, und auch Gunthár ist in großer Gefahr. Er unterschätzt sie. Thor können sie nichts anhaben; aber er wird nicht kämpfen. Ich halte die Ungewissheit kaum noch aus."

Wie niedergeschlagen schaut Olidir Erlkorn an, der genau weiß, wie sein Freund fühlt.

„Es ist gut, Thor an unserer Seite zu wissen."

Das goldene Laub des kleinen Hains vor den Toren Wallhalls reflektiert das Sonnenlicht und wirft schmale Strahlen und glitzernde Funken auf die Gesichter der Elben, wenn der stete Wind Glasirs Gold in Bewegung setzt. Sie entdecken ein übergroßes Eichhörnchen, das schimpfend von Ast zu Ast springt, mit seinem buschigen Schwanz Richtung weisend den Wind nutzt. Ratarösk kommt aus Yggdrasils Wurzelgeflecht, schimpft auf die schwerfälligen Schwarzalben und die unwissenden Menschen Midgards, krallt sich ins Holz und huscht laut zeternd von dannen auf der Suche nach seinem Freund, dem Adler, der gern hoch über Ljosselfheim kreist, wo die Landschaft seine Augen erfreut und der Tisch reichlich gedeckt ist.

Thor hat den Berg studiert und sich mit Mühe einen Weg ins Freie gebahnt. Lange ging es bergauf. Begegnungen mit Schwarzalben konnte er vorausschauend umgehen. Nun atmet er die frische Luft tief ein, orientiert sich und kümmert sich erst einmal um sein Gespann, das auf einem Felsplateau nicht weit von seinem momentanen Standort entfernt ist und seiner wartet. Und dann wird Miöllnir zum Einsatz kommen. Zwei Raben rauschen himmelwärts.

Tief unten im Berg herrscht Lärm. In der Höhle vor dem Gefängnisgitter tummeln sich üppig bewaffnete Schwarzalben und palavern. Kazgar steht mit gezogenem Schwert direkt vor der Gittertür. Thrund spricht seine Krieger an:

„Wo ist Thor? – Er muss hier irgendwo sein. Wenn er versuchen sollte, die Gefangenen zu befreien, so müssen wir es verhindern und ihn niederkämpfen. Loki wird uns helfen."

Loki steht etwas abseits und stellt einen riesigen Schild aus dick mit Eisen eingefasstem Eichenholz an die feuchte Felswand. Der ist rund und überragt den Asen. Der schwere Schild war ihm in der Waffenhöhle sofort ins Auge gefallen.

Gerthion und Gunthár kauern am Boden in der entferntesten Ecke des Felsenraumes. Aus dem Schatten erkennen sie gut die Gestalten vor dem Gitter, eine waffenstarrende Szene. Ihre Herzen pochen laut und im Takt. Es wird etwas geschehen.

Ein grelles Licht lässt die gesamte Gesellschaft für einen kurzen Moment erblinden. Ein gewaltiger Donnerschlag zerreißt die eben erst eingetretene atemlose Stille. Der Berg bebt. Die hintere Felswand reißt ein, Gesteinsbrocken krachen zu Boden. Die Gefangenen liegen sicher, dicht an die Seite gepresst. Nun reißt und bröckelt die Decke. Gerthion hört in der Ferne Thors Stimme: „Schnell, nach hinten raus! Der Weg ist frei."

Gerthion ergreift Gunthárs Hand und zieht ihn mit sich über staubiges Geröll dem Licht entgegen. Das Gitter steht aufrecht, fest verankert noch in Boden und Decke, aus der kleine und große Steine brechen. Loki stemmt den schweren Schild in die Höhe und spendet den Schwarzalben Schutz vor dem Steinschlag. Keiner wird erschlagen. Die Schwarzen strecken ihre Hände von unten nach dem Schild, wollen Loki, dessen Kraft zu erlahmen droht, unterstützen, doch sie erreichen den Schild nicht. Kazgar nimmt eilig den Schlüssel zur Hand und schließt die Gittertür auf.

„Lauft durch! Verlasst die Höhle!"

Die Schwarzalben queren den Kerker, überwinden steinerne Hindernisse an seinem Ende und gelangen in Sicherheit. Loki lässt den Schild vorsichtig fallen und folgt den Alben. Ein Grinsen steht in seinem Gesicht. Die Höhle hinter ihm fällt polternd zusammen.

Die Ziegenböcke legen sich ins lederne Zeug. Die Bewegung tut gut. Tiefhängende Cumuli nehmen das Gespann auf und verbergen es vor den spähenden Augen der Wächter. Svartalfheim liegt weit unten. Thor steht aufrecht, die Zügel leicht zwischen den Fingern, die nicht ganz frei sind von schwarzem Ruß. Miöllnir ruht sicher in seiner Halterung. Gerthion und Gunthár sitzen auf dem harten Wagenboden, die Rücken locker an die kupferne Seitenwand gelehnt. Thors Frage nach einem Zwischenstopp auf den fabelhaften Färöern verneinen beide.

Es wird stetig heller, die Luft klarer, und die Böcke geben alles, sie wollen nach Hause. Gerthion hat sich hoch aufgerichtet, um die Einreise nach Asgard zu beobachten. Hier war er noch nie. Er steht ganz vorne, den Kopf über die Kante gestreckt, die Hände fest an der rund geschliffenen Kante. Sein Haar weht im Wind und gibt Gesicht und Ohren frei. Gunthár erblickt mit Erstaunen runde Ohrmuscheln, ähnlich den seinen. Das sind nicht die Ohren eines Elben!

Was für ein Empfang! Das Heer der Lichtelben hat Aufstellung genommen, auf der anderen Seite eine muntere Abordnung der im Kampf gefallenen Krieger und in der Mitte ein dünn lächelnder Allvater, flankiert von Balder und Freyr mit Gulinborsti.

Der Wolkenwagen steht. Die Reisenden betreten festen Boden. Diener führen Zugtiere und Wagen von dannen. Die Böcke müssen schleunigst versorgt werden. Olidor und Gerthion liegen sich in den Armen. Auch Gunthár wird herzlich begrüßt. Thors Begegnung mit den Asen ist freundlich, aber weniger emotional. „Wir freuen uns, euch wohlbehalten wiederzusehen. Von meinem Hochthron, den ich in letzter Zeit wieder häufig bestieg, sah ich Thors Wagen schon lange. Es ist gut, Gerthion, dass du wieder in Freiheit bist. Ein gefangener Elb ist wie eine Blume, der man Licht und Wasser entzieht. Gunthár, dir danke ich für deinen Mut, sich einzumischen. Mein besonderer Dank gebührt dir, Thor. Du hast Verantwortung übernommen und dafür gesorgt, dass kein Blut geflossen ist. Genauso, wie es mein Wunsch war. Auch Loki war diesmal auf unserer Seite, gleicht damit Böses wieder aus; ich kann ihm einfach nicht lange zürnen. Die Schwarzalben werden nicht gut auf uns zu sprechen sein, das kennen wir ja. Ihr Zorn ist schnell verraucht; aber ihr Elben kommt ihnen erst mal nicht zu nahe! Nun geht in die große Halle, wir wollen endlich feiern!"

Da sitzen sie nun wieder: Olidir, Odania, Gerthion, Erlkorn, Daliell und Gunthár und erzählen. Sie haben draußen den Tisch gedeckt und genießen den lauen Abend. Gunthárs Blick geht über die Brüstung zum Horizont, den gewundenen Lauf des Flusses verfolgend. Er registriert, wie in der Ferne ein Braunbär in den Erlenbruch am Ufer läuft, schweift über die Siedlungen im Mittelgrund und kehrt zurück zur Eichenvilla am Seeufer. Die Singvögel begeben sich zur Ruhe, nur ein Adler kreist über ihnen, den Blick aufmerksam nach unten gerichtet. Gunthár betrachtet Gerthion lange und bittet ihn, seine Vorgeschichte preiszugeben. Gerthion schaut zu Olidir, und der Elbenhäuptling nickt.

„Ich bin in Midgard geboren und musste als kleines Menschenkind sterben. Der große Krieg unter den Menschen war gerade beendet. Die Pforte zum Totenreich öffnete sich nicht, und Nornen nahmen mich in ihr Haus. Sie waren Eltern und Lehrerinnen zugleich, und ich wuchs dort auf, unten, mit ihrem besonderen Wasser, bis Allvater verfügte, dass ich die hellere Luft

Ljosselbheims atmen müsse; und so gelangte ich hierher zu den Elben, die mich zu einem der ihren machten. Das ist schon lange her, und nun bin ich Olidirs Vertrauter und Stellvertreter. Mein Haus steht unten am See, meistens jedoch wohne ich hier oben. – Du wirkst mir so vertraut, Gunthár, schon, seit du bei mir im Kerker warst."

Gerthion forscht in Gunthárs Angesicht, und jener spricht bewegt:

„Mir geht es auch so. – Ich kenne dich. – Und jetzt weiß ich es, du bist mein Gertchen!"

„Papa!"

Blutrot versinkt die Sonne im Elbenland.

EPILOG

Das Hospiz „Haus Abendrot" liegt nur eine Straße weiter entfernt von der Einrichtung für geistig Behinderte „Schlutuper Heime", beide betrieben von der Diakonie Lübeck. Der alte Dr. Kreisel, der inzwischen nur noch ein paar Privatpatienten zur Aufstockung seiner Altersversorgung betreute, hatte für die letzten Tage seines langjährigen Patienten einen Aufenthalt in diesem Hospiz nahe seiner früheren Wirkungsstätte organisiert. Um den harten Kampf gegen den Krebs gewinnen zu können, war Schalkowski nicht mehr stark genug.

Heinz Günther und seine Familie waren bei ihm, auch seine jüngste Schwester Elfriede war aus Stockholm angereist und konnte ihren Bruder noch lebend in die Arme schließen.

Schalkowskis Herz, das sich schmückender Attribute stets verweigert hatte, versagte im Spätsommer 1999 dem Alten endgültig seinen Dienst. Die Beerdigung erfolgte an einem warmen Sonnentag in Niendorf, Wassertemperatur: 19,5 Grad Celsius. Viele Menschen waren gekommen, tröstende Worte und Badesachen im luftigen Gepäck. Die hochbeinige Schale neben dem offenen Grab, die üblicherweise krümelige Erde und eine kleine Schaufel enthält, war diesmal mit hellem Ostseesand gefüllt, steinfrei.

Der Autor

Hartmut Schalke wurde 1948 in Tetenbüll (Nordfriesland) geboren. Seine Gymnasialzeit verbrachte er am Timmendorfer Strand an der Ostsee. Nach dem Abitur studierte er Geografie und Germanistik in Kiel, absolvierte eine praktische Lehrerausbildung in Lübeck und wurde dann Lehrer an der Theodor-Storm-Schule, einer Real- und Gemeinschaftsschule in Hanerau-Hademarschen.

Zu seinen liebsten Freizeitaktivitäten gehören Spaziergänge mit dem Hund am Strand, Reisen, Fotografieren und Malen sowie die intensive Beschäftigung mit dem Werk des Dichters Theodor Storm.

Schalke begann schon früh mit dem Schreiben, hauptsächlich für Familie und Freunde.

Sein bisheriger literarischer Werdegang umfasst zwei Bücher und Aufsätze zu Theodor Storm.

Das vorliegende Buch entstand in Erinnerung an seinen 1999 verstorbenen Vater und ist ihm gewidmet.

novum VERLAG FÜR NEUAUTOREN

Der Verlag

> *Wer aufhört*
> *besser zu werden,*
> *hat aufgehört*
> *gut zu sein!*

Basierend auf diesem Motto ist es dem novum Verlag ein Anliegen neue Manuskripte aufzuspüren, zu veröffentlichen und deren Autoren langfristig zu fördern. Mittlerweile gilt der 1997 gegründete und mehrfach prämierte Verlag als Spezialist für Neuautoren in Deutschland, Österreich und der Schweiz.

Für jedes neue Manuskript wird innerhalb weniger Wochen eine kostenfreie, unverbindliche Lektorats-Prüfung erstellt.

Weitere Informationen zum Verlag und seinen Büchern finden Sie im Internet unter:

www.novumverlag.com